누에의 난

누에의 난

1판 1쇄 인쇄 2017년 11월 15일
1판 1쇄 발행 2017년 11월 25일
—

지은이 김도연
—

발행처 문학의숲
발행인 이은주
—

신고번호 제300-2005-176호
신고일자 2005년 10월 14일
—

주소 (121-896) 서울특별시 마포구 양화로7길 84
전화 02-325-5676
팩스 02-333-5980
—

값은 표지에 있습니다.
ISBN 979-11-87904-07-6 03810

누에의 난

김도연 장편소설

문학의숲

깊은 밤

누에 한 마리

사각사각 뽕잎을 갉아먹는다

잠도 잊은 채

누에 한 마리

가늘고 고운 비단실을 토해내며

멀고 먼 길을 가고 있다

비단길이다

누에 한 마리

엄마, 아버지, 동생들 찾아

구만리장천九萬里長天을 날아간다.

1

이것은 무서운 이야기다.

2

건식은 적당히 취한 상태로 어둑어둑한 재래시장 거리를 걷고 있었다. 상가들은 대부분 셔터를 내린 시간이었다. 문을 연 곳은 허름한 야식집과 노래방 정도였다. 재래시장은 세월이 흐를수록 어둠이 빨리 내리는 것 같았다. 아홉 시가 되기도 전에 상가들이 문을 닫아버리는 탓이었다. 심지어 훤한 대낮에도 문을 열지 않는 가게들이 늘어나는 추세였다. 손님들이 점점 줄어들었기에. 새로 생겨난 휘황찬란한 대형마트로 옮겨가는 손님들의 야속한 발길을 재래시장의 상인들이 붙잡기엔 역부족이었다. 그 결과 재래시장은 한낮에도 침침했고 깊은 밤이면 괴기스러운 분위기를 내뿜을 정도였다. 그나마 불을 밝히고 있던 몇 몇의 상가들마저 불을 끄면 마치 도시 한가운데에 납작하게 웅크리고 있는 검은 웅덩이 속을 떠오르게 할 정도였다. 오랜 세월 활기가 넘치고 사람들로 북적거렸던 그 모습이 세월에 밀려 아무도 모르게 사라지는 것만 같아 안타까웠지만 건식이 할 수 있는 일은 별로 없었다. 가끔 이렇게 찾아와 뜨끈한 순댓국과 소주 한 병을 비우고 돌아가는 게 전부였다. 사실 그 역시 장을 볼 때면 망설이지 않고 대형마트가 있는 곳으로 자동차의 손잡이를 꺾는 게 일상이었으니…….

건식은 불 꺼진 좁은 골목들에서 물컹물컹한 콜타르 같은 어둠이 흘러나오는 장거리를 걷다가 발걸음을 멈췄다. 뭔가 이상했다.

……방금 본 게 뭐지?

천천히 고개를 돌렸다. 장거리 시멘트 바닥에 놓인, 세숫대야만 한 플라스틱 바구니 안에 가득 담겨 있는 것들. 머리를 허공으로 치켜든 채 꾸물거리고 있는 것들. 건식은 그 앞으로 한 걸음 더 다가섰다. 잠깐 멈췄다가 다시 한 걸음 더. 바구니 앞에는 할머니 한 분이 목욕탕에서 쓰는 플라스틱 의자에 앉아 있었다.

"이거…… 누에 맞죠?"

건식은 쪼그려 앉으며 할머니에게 물었다.

"떨이야. 싸게 줄 테니 사요."

"······이걸 사서 뭐에 씁니까?"

"귀한 약이야, 약!"

"누에가 약이라고요?"

누에들은, 아니 누에 떼들은 바구니 안에서 일제히 고개를 쳐든 채 아니라고 항변하는 것 같았지만 할머니는 꿋꿋하게 누에가 약이라는 것을 건식에게 조목조목 설명했다. 약으로 만들어 먹는 방법까지. 건식은 누에들에게 술 냄새를 풍기지 않으려고 자리에서 일어났다. 누에처럼 주름이 자글자글한 할머니도 끙 하는 소리를 내뱉으며 자리에서 일어나 설명을 이어갔다. 건식은 조금 난처한 국면으로 접어들었다는 것을 깨달았지만 과감하게 등을 돌리지 못한 채 팔짱을 끼는 걸로 할머니에게 자신의 심정을 전하려 했다. 누에들은 두 사람의 발과 발 사이에 놓인 바구니 안에서 꿈틀거리며 어두운 장거리의 허공으로 알 수 없는 신호를 계속해서 내보내고 있는 것만 같았다.

"저····· 생각 좀 해보고 다음에 살게요."

할머니의 말을 건식은 용케 끊었다. 한 걸음 뒤로 물러나며.

"그럴 시간이 없어. 낼모레면 고치 지을 누에들이라니까. 그 전에 빨리 약을 만들어야 돼."

"고치를요?"

　택시의 뒷좌석에 앉은 건식은 바구니 속의 누에들을 찬찬히 들여다보았다. 정말이지 누에들은 무슨 말을, 아니 어떤 신호를 끊임없이 보내는 것만 같았다. 아주 작은, 가느다란 붓 끝으로 찍어놓은 듯한 까만 점 같은 눈을 반짝거리면서. 건식은 저도 모르게 올라오는 한숨을 누에들에게 내뱉으려다 참고 대신 창문을 조금 열었다. 누에들은 술 냄새를 좋아하지 않는다는, 아주 멀리 있는 기억이 천천히 다가왔기 때문이었다.

　"무슨 약을 만드는데요?"

할머니는 누에가루가 혈당을 떨어뜨리고 당뇨병에 특효약이라고 목소리를 높였다. 누에가루라니? 건식은 꼬물거리는 회색 누에들이 재로 변해가는 걸 상상했다. 어린 시절 누에가 어떻게 비단으로 변해가는지 도통 이해가 가지 않아 끙끙거린 적은 있었지만 누에가루는 금시초문이었다. 이쑤시개로 찍어 먹는 번데기라면 몰라도.

"그걸 어떻게 만드는데요?"

"펄펄 끓는 물에 데쳐서 말리면 돼. 그걸 손절구에 찧어서 가루로 만들면 끝이야."

비단을 직조할 고치는 감쪽같이 사라지고 누에가루만 남은 형국이었다. 건식은 두 무릎 위에 올려놓은 바구니에서 누에가 밖으로 빠져나가지 않게 두 손으로 감쌌다.

"누엘 뭐에 쓰려고 샀습니까?"

중년을 넘어선 택시기사는 건식이 택시에 탈 때부터 계속해서 뒷거울로 누에들을 훔쳐보며 궁금증을 참던 중이었다. 택시가 번잡한 도심 구간을 벗어나자마자 건넨 질문이었다.

"가루로 만들면 당뇨병 약이 된다고 그러네요."

"아! 요즘은 그게 약이 되는 모양이네요. 어렸을 때 뽕 따는 일 정말 싫었는데."

"뽕잎은 보통 여자들이 따지 않았습니까?"

"우리 집은 딸이 없어 남자들이 죄다 뽕 따는 일에 매달렸지요. 한창 놀고 싶은 나이인데 그러지도 못하고. 정말 누에가 싫었어요. 아참, 손님도 누엘 키웠습니까?"

"예. 저도 시골에서 자랐으니까요."

"누에가 크면 뽕 먹는 양이 엄청나지요! 그것뿐인가요. 뽕잎 갉아먹는 소리 때문에 잠을 잘 수가 없었어요. 냄새도 그렇고. 거 뭐냐……."

다행히 택시가 마을 입구에 일찍 도착한 덕분에 건식은 택시 기사가 늘어놓는 누에에 대한 수다를 그만 들을 수 있었다. 건식은 누에 바구니를 안은 채 집으로 가는 길을 걸었다. 집 앞까지 가면 요금이 지금보다 오천 원은 더 나올 게 틀림없었다. 이제 당분간은 술 마시고 택시 타는 것마저 자제해야 할 것이다. 자가용도 마찬가지다. 시내버스 시간표를 외워야만 할 것이다. 실직이 오래 가질 않기 바라며. 건식은 드문드문 가로등이 켜진 길을 조심스럽게 걸으며 초여름 밤의 냄새를 맡았다. 멀리 동쪽 하늘을 이고 있는 치악산은 건식의 타버린 마음처럼 한없이 검고 또 막막하게 검었다.

"차는?"

"고수부지에 세워놨어."

"…… 그게 뭐야?"

"누에."

"누에를 왜?"

아내와 잠에서 깨어난 아들은 건식이 품에 안고 들어온 바구니 속의 누에들을 한동안 바라보았다. 아내의 얼굴에선 당혹스러움이, 아들의 얼굴에선 호기심이 번져가는 밤이었다. 누에들 역시 한없이 졸린 동작과 눈으로 아들과 눈을 맞췄다.

"이 누엘 어떻게 하려고?"

"……길러보려고."

"갑자기 왜? 그리고 뽕이 어디 있다고 누에를 길러?"

"뽕은 없어도 돼. 얘들은 조만간 고치를 지을 거야. 소나무 가지만 세워주면 거기에 올라가 집을 지어."

"……왜 누엘 기르려 하느냐고?"

건식은 누에에 홀려 있는 아들에게서 떨어져 나왔다. 아내는 화장실까지 졸졸 따라왔다.

"나, 직장에서 해고됐어."

<u>3</u>

　토요일 오후 친구들과 놀지도 못하고 학교에서 바로 돌아오
니 잠박 속의 누에들은 뽕잎을 달라고 일제히 머리를 치켜세운
채 꿈틀거렸다. 도서관의 책처럼 시렁에 층별로 올려놓은 잠박
들, 그 속의 누에들을 바라보던 건식은 한숨을 내뱉었다. 시간
을 보니 분명 누에들에게 뽕을 먹일 시간인데 집이 텅 비었다
는 건 모두 산에 뽕 따러 가서 아직 돌아오지 않았다는 얘기였
다. 건식은 교복을 갈아입지도 못한 채 잠실에서 풍겨 나오는
뜬내 비슷한 냄새에 코를 막으며 뽕을 담아놓은 자루를 끌고
좁은 복도의 안쪽으로 들어갔다. 누에들은 사람의 기척을 눈치
챘는지 꿈틀거림이 한층 더해졌다. 뽕잎을 꺼내 잠박에 뿌리는

건식의 손놀림도 덩달아 바빠졌다. 뽕잎은 회색 누에들로 가득한 잠박을 하나둘 초록빛으로 변화시켜 나갔다. 상전벽해, 상전벽해…… 중얼거리며 누에들에게 뽕잎을 뿌리다가 급기야는 '뽕~을 따던 처녀들은 서울~로 가고'라는 가사가 나오는 대중가요까지 흥얼거렸다.

건식은 잠실의 문지방에 걸터앉아 누에들이 맹렬하게 뽕잎을 갉아먹는 소리를 들으며 마당의 고요를 멍하니 들여다보았다.

"올해 벌어서 갚으면 되잖아요!"

"그 많은 돈을 뭐해서 갚아!"

"누엘 더 많이 쳐서 갚을 테니 두고 봐요."

"잠실이라곤 방 두 개가 전분데 어디서 누엘 쳐?"

"여기서 치면 되죠."

"우린 어디서 자고?"

"잘 데가 없겠어요?"

쌀밥보다 강냉이밥을 더 많이 먹지만 나름대로 평화롭던 집안에 어느 날 갑자기 태풍이 들이닥쳤다. 엄마가 외가 쪽 친한 친척이 하는 어떤 사업에 보증을 섰는데 그 사업이 어이없이 망했다는 게 골자였다. 결국 엄마는 보증을 서준 대가로 다른 사람이 빌린 돈을 대신 갚아야 하는 상황이 벌어진 거였다. 당연히 그 액수 역시 만만치 않았다. 날씨 화창한 봄날 건식의 집에만 어마어마한 홍수가 들이닥친 거였다. 그것만이 아니었다. 문제는 그 보증을 엄마가 아버지 모르게 섰다는 사실이었다.

건식이 학교에 갔다가 어둑어둑해질 무렵 집으로 돌아왔을 때였다. 마당에 들어서기 무섭게 집 안에서 동생들의 울음소리가 튀어나왔다. 아버지의 고함과 함께. 마당에 서 있는 건식은 어두컴컴한 집으로 걸음을 옮길 용기가 나지 않았다. 열어놓은 부엌문으로 아궁이 앞에 쪼그려 앉아 불을 때는 엄마와 그 옆의 동생들이 보였지만 그곳으로도 걸음이 옮겨지지 않았다. 외양간에선 소가 머리를 밖으로 내민 채 여물을 달라며 길게 울고 있고.

"니 엄마 땜에 다 망했다!"

저녁상 자리가 거의 장삿날 분위기였다.

"니들 학교 보낼 돈도 없으니 알아서 해!"

아버지는 밥 대신 소주만 벌컥벌컥 마셨다. 건식은 부엌쪽쪽문 옆에 앉아 있는 엄마를 훔쳐보았다. 엄마는 자그마한 목소리로 그제야 입을 열었다.

"……학교는 보내야지요."

"아, 집안이 망했는데 학교는 무슨 학교야!"

급기야 밥상이 쪽문으로 날아갔다. 동생들의 울음소리. 방바닥으로 쏟아진 반찬들. 굴러가는 밥그릇들. 쪽문의 창호지에서 흘러내리는 김칫국물. 깨어진 접시…… 건식은 슬그머니 일어나 방을 나왔다.

뒷산에서 소쩍새 울음소리가 들려오는 밤, 건식은 숟가락을 손에 잡은 채 밤하늘을 바라보았다. 별도 달도 뜨지 않은 밤이었다. 방에서 튀어나오는 아버지의 고함은 점점 더 거세졌다. 동생들의 울음소리가 부서진 별처럼 어둠 속으로 흩어졌다. 건식은 긴 한숨을 내뱉었다. 밤이 제트기처럼 빨리 흘러가고 어서 날이 밝아 학교로 가고 싶은 마음이 간절했다. 하지만 아직 소쩍새 구슬피 우는 초저녁이었다. 그걸 증명이라도 하듯 등 뒤의 문이 벌컥 열리더니 밥상이 토방으로 날아오고 뒤이어 따라온 술병이 마당에서 깨어졌다. 대문 옆의 개집에 웅크리고 있던 삽살개가 밖으로 나오지 못한 채 안에서 컹~ 하고 우는 밤이었다.

"엄마, 진짜 학교에 못 가는 거야?"

"……학교 가고 싶은데."

초등학교에 다니는 여동생 예식이와 남동생 하식이가 멍석을 깔아놓은 아궁이 앞에 앉아 엄마에게 차례로 물었다. 건식은 그 뒤편에 앉아 남포등을 켜놓고 숙제를 했다. 천장이 없는 부엌의 보꾹과 벽에서 네 사람의 기괴한 그림자가 일렁거렸다. 술에 만취해 홀로 소리를 지르던 아버지는 마침내 잠들었는지 코고는 소리가 쪽문으로 흘러나왔다. 엄마는 긴 한숨을 아궁이 속으로 계속해서 토해냈다. 아궁이 앞으로 끌어내놓은 알불들이 사위어가자 부지깽이로 뒤적거려 불씨를 살리며.

"학교 보내줄 테니까 공부나 열심히 해."

"정말?"

동생들은 토끼처럼 눈을 반짝 뜨고 두 귀를 곤추세웠다. 중학생인 건식은 한숨을 삼켰다. 소쩍새가 집 바로 뒷산까지 내려와 우는 밤이었다.

이상했다.

날이 어두워지는데 뽕을 따러 간 가족들이 집으로 돌아오지 않았다. 예년보다 누에를 두 배로 치면서 집 뽕만 가지고선 누에들의 먹이를 감당할 수 없는 상황이 벌어졌다. 마을의 웬만한 집들은 모두 누에를 치기에 뽕나무가 부족한 집들은 봄날이면 뽕잎 채취 전쟁을 벌이곤 했다. 건식네는 밭 옆과 밭 중간 중간에 심어놓은 뽕나무 덕분에 그동안 그 전쟁을 비켜갈 수 있었는데 누에가 곱으로 늘어난 터라 올해엔 아니었다. 건식과 동생들도 학교에서 돌아오기 무섭게 뽕을 따러 밭으로 산으로 돌아다녀야만 하는 처지가 되었다. 건식이야 중학생이니 주말에만 거들었지만 초등학생인 동생들은 매일 뽕을 따는 일에 동원되었다. 아직 어려서 조금밖에 못 따지만 그래도 조막손 하나가 아쉬운 봄날이었다. 아무리 그렇다지만 날이 저물 때까지 돌아오지 않는다는 건 이상했다. 건식은 대문도 없는 뒷문 밖에 나가 우두커니 서서 어두워지는 골짜기를 바라보았다.

"다들 어디 갔는지 넌 아냐?"

외양간의 암소는 구유에 부어준 여물만 우적우적 씹을 뿐 가족들이 어디 갔느냐는 건식의 물음에 답하지 않았다.

"니는 알지?"

대문을 지키는 삽살개 역시 밥그릇에 코를 처박은 채 쩝쩝거리기만 했다. 꼬리만 빙빙 돌릴 뿐. 마을에서 멀리 떨어진 골짜기의 외딴집이라 물어볼 만한 이웃도 없었다.

"니들이 알 리는 없을 테고……."

벌써 횃대에 올라간 닭들은 나란히 앉아 까딱까딱 졸고 있었다. 건식은 알둥지에서 닭똥이 묻은 달걀을 꺼내 바가지에 담았다. 그 옆 알둥지에선 알을 품은 암탉이 눈을 부릅뜬 채 건식을 째려보았다. 여차하면 부리로 쪼아버리겠다는 눈빛이었다.

"니 건 가져가라고 해도 안 가져간다."

아궁이에서 마른 장작이 타닥타닥 소리를 내뱉으며 불꽃을 피워 올렸다. 장작개비를 깔고 앉은 건식은 졸음을 참으려 애쓰며 열어놓은 문 밖으로 자주 고개를 돌렸다. 뒷마당엔 어둠이 가득했다. 그 어둠을 헤치고 금방이라도 동생들이 들이닥칠 것 같은데 현실은 그렇지 않았다. 건식은 불 밝힌 남포등을 부엌 뒷문 옆 나무기둥 상단에 반쯤 박아놓은 대못에다 걸었다. 마당이 조금 밝아졌다. 건넛마을엔 전기가 들어왔지만 외따로 떨어져 있는 건식의 집은 아직 등잔이나 호야로 불을 밝혔다. 라디오는 건전지로 들었고 텔레비전은 자동차 배터리로 보고 있는데 충전하는 일이 번거로워서 먹통이 된 지 한참이었다. 전기는 가을이나 되어야 들어온다고 하니 집에서 마음껏 텔레비전을 보게 될 날은 멀고 먼 나중의 일이었다.

"무슨 뽕을 밤중까지 따는 거야-?"

부엌문에 기대서서 캄캄한 골짜기를 향해 소리쳤지만 기다리는 대답은 들려오지 않았다. 어느 산으로 갔는지 알 수 없으니 마중을 나갈 수도 없는 노릇이었다. 건식은 뒷마당과 앞마당을 한 바퀴 천천히 돌았다. 건식의 집은 디귿자 형태의 집이었다. 오른편이 외양간과 헛간이고 왼편은 잠실, 그리고 가운데 두 칸짜리 방이 있는 집이 식구들이 거처하는 집이었다. 외양간과 집은 부엌을 매개로 붙은 형태였고 왼편 잠실과 집 사이엔 지게를 지고 다닐 수 있는, 앞마당과 뒷마당을 연결하는 통로가 있었다.

엄마가 누에의 양을 배로 늘리면서 벌어진 대표적인 현상 중 하나는 뽕을 어마어마하게 많이 따야 하는 거였고 두 번째는 누에들이 점점 커지면서 잠실도 모자라 식구들이 생활하는 방 두 개까지 누에들이 점령해 버렸다는 것이었다. 방 네 개가 모두 잠실로 변해버린 것이다. 어쩔 수 없이 식구들은 부엌으로 가재도구를 옮겨야만 했고 잠도 아궁이 앞에 멍석을 깔고 잘 수밖에 없었다. 누에가 고치를 틀고 그 고치를 모두 딸 때까지. 건식은 누에들이 뽕잎을 먹고 있는 잠실의 방문들을 하나하나 열어 호야의 불빛으로 비춰보곤 부엌의 아궁이 앞으로 되돌아왔다.

무슨 일이…… 생긴 거 아냐…….

건식은 멍석 위에 깔아놓은 앉은뱅이책상 앞에 앉아 *끄떡끄떡* 졸기 시작했다.

4

"아빠, 뭐하는 거예요?"

건식은 창고로 쓰는 방을 청소한 뒤 잠실 만드는 작업에 들어갔다. 빈 책장을 시렁으로 대신하고 책이 꽂히는 공간에 산에서 꺾어온 소나무 가지를 누에가 고치 지을 섶으로 하나씩 얹어놓았다. 누에가 바로 섶으로 오르지 않을 것을 대비해 산뽕나무까지 찾아 뽕잎도 어느 정도 따두었다. 아들 녀석은 신기한 모양인지 건식의 곁을 떠나지 않았다.

"누에가 살 집을 만든다."

"좀, 이상해요."

"두고 보면 알게 된다."

집에 있는 넓적한 플라스틱 바구니를 모두 가져와 누에들을 나눠 담은 뒤 소나무 가지 아래에 하나씩 놓고 뽕잎까지 얹어 주었다. 누에들은 스멀스멀 뽕잎 사이로 머리를 내밀고 두리번 거렸다. 마치 새로 이사 온 집을 슬그머니 살펴보는 듯이. 개중 엔 뽕잎을 갉아먹는 누에까지 있었다.

　"아빠, 왜 누에를 기르려는 거예요?"

　"비단옷을 입고 싶어서."

　"비단옷?"

　"어."

　"……무슨 소린지 모르겠어요. 누에하고 비단옷이랑 대체 무 슨 상관이 있어요? 알기 쉽게 설명해 봐요."

　"아빠 바쁘니까 백과사전이나 인터넷에서 찾아봐."

　"누에가 비단옷으로 변신한다는 얘기예요?"

　"맞아."

　"아빠?"

　아들 녀석이 소리를 꽥 질렀다. 건식은 아들의 입을 손으로 막았다.

　"누에는 무척 예민해. 스트레스를 받으면 병이 들 수도 있어."

　아들이 건식의 손을 떼어냈다. 그리곤 씩씩거렸다.

"그러니까 알아듣게 설명해 줘요."

"알았어. 이거 마무리하고 누에에 대해 말해 줄게."

어떤 누에들은 벌써 플라스틱 바구니에서 나와 소나무 가지를 타고 천천히 올라가고 있었다. 건식은 손가락으로 그 누에를 가리켰다. 아들 녀석의 눈과 입이 쩍 벌어졌다. 하기야…… 아들이 누에에 대해 알 리가 없었다.

"자, 지금부터 누에의 일생에 대해 설명해 줄게.

시작과 끝이 어디인지는 잘 몰라. 달걀이 먼저인지 닭이 먼저인지 잘 모르는 것처럼. 하여튼 누에도 알에서 태어나. 아주 작은 알이야. 아마 좁쌀보다 작을 거야. 알인데 보통 씨라고 부르곤 했어. 씨는 식물의 종자고 알은 동물의 종자란 것은 알지? (아들이 고개를 끄덕거렸다.) 하여튼 봄에 누에씨를 외상으로 사서 적당한 온도를 유지해 주면 알에서 아기누에가 깨어나는 거야. 달걀에서 병아리가 태어나는 것처럼. 누에는 뽕만 먹어. 아기누에는 작기 때문에 뽕잎을 아주 잘게 썰어서 솔솔 뿌려줘야 먹을 수 있지. 뽕잎이 너무 크면 작은 입으로 먹기 힘들겠지. 네가 어렸을 때 아기 숟가락으로 밥을 먹은 거랑 비슷해. 그러다 누에가 조금씩 자라면 뽕잎의 크기도 커지는 거야. 양도 많아지고. 참고로 누에는 대식가야. 뽕잎을 엄청 많이 먹기 때문에 누에가 이만큼 커지면 누에 기르는 사람들은 온종일 뽕잎 따느라 정신이 없을 때도 있어.”

“뽕잎 말고 다른 건 안 먹어요?”

“……거의 뽕만 먹어.”

“뽕? 뽕은 뭐고 뽕잎은 뭐예요?”

“뽕나무 잎이 뽕잎인데 줄여서 뽕이라고도 해. 뽕 따러 가세! 이런 노래 못 들어봤어?”

“못 들어봤어요. 아빠, 좀 쉽게 설명해 주세요.”

도시에서 자라난 초등학생 아들이 뽕나무에 대해 알 리가 없었다. 건식은 짧은 한숨을 내뱉곤 잠시 생각을 가다듬었다. 누에와 뽕을 모르는 녀석에게 누에의 일생을 간략하게나마 설명하는 게 쉽지 않았다. 건식은 플라스틱 잠박에서 소나무 가지로 줄지어 올라가는 누에들을 보며 고개를 몇 번 끄덕였다.

“하여튼 누에와 뽕은 떼려야 뗄 수 없는 관계야. 누에가 살려면 뽕이 있어야만 돼. 누에는 완전변태를 하는 곤충이야. 완전변태가 뭐냐면 자라는 동안 알, 애벌레, 번데기를 거친 뒤 누에나방이 되는 거야. 애벌레가 바로 누에지. 누에를 치는 사람들이 기르는 건 바로 애벌레야. 알에서 깨어난 누에가 고치를 짓고 그 안에서 번데기가 될 때까지인데 한 달 보름 정도가 걸려. 그럼 사람들은 그 고치를 따서 실 만드는 공장에 파는 거야. 고치가 뭔지 알아?"

아들이 고개를 저었다. 건식은 소나무 가지로 올라간 누에를 가리켰다.

"고치는 누에가 번데기로 살아갈 동안 거처하는 집이야. 저 누에는 지금 고치를 지으려고 올라가 있는 거야. 이제 애벌레의 시기를 끝마치고 번데기로 변할 단계거든. 누에의 삶에는 약간 특징적인 데가 있어. 사람처럼 매일 자는 게 아니라 한 달 반 동안 딱 네 번만 잠을 자. 한 잠, 두 잠, 석 잠, 넉 잠. 잠에서 깨어나면 허물을 벗어. 뱀처럼. 그 나머지 시간은 오직 뽕을 먹는 일만 하고."

"네 번만 잠을 잔다고요? 왜요?"

"그건 나도 잘 몰라. 누에의 특징 중 하나겠지."

"엄청나게 졸릴 거 같은데……."

"그렇게 줄기차게 뽕을 먹다가 때가 되면 먹기를 멈추고 고개를 쳐든 채 두리번거려. 고치 지을 장소를 찾는 거지. 저 누에들처럼. 변신할 때가 됐다는 걸 스스로 알고 있는 걸 거야. 자, 그럼 고치를 어떻게 만들까? 그건 이제부터 네가 저 누에들을 잘

관찰하면 알 수 있을 테니 생략하고 지금부턴 누에고치에 대해 말해 줄게. 지금은 다르지만 옛날엔 누에 기르는 목적이 고치를 얻기 위해서야. 한 달 반 동안만 누에를 잘 길러 고치로 팔면 짭짤한 목돈을 만질 수 있었거든. 실 만드는 공장, 즉 제사공장에선 그 고치에서 실을 뽑아내고 방직공장에선 천을 만들어. 그게 바로 명주라는 천이고 또 비단이라는 천이 되는 거야. 천 중에서 가장 비싼 천이 바로 비단이야. 그 비단으로 세상에서 가장 가볍고 아름다운 옷을 만들어 입는 거지. 옛날에는 아무나 비단옷을 입을 수가 없었어. 비싸기도 했지만 신분제도라는 게 있어 양반들만 입을 수 있었지. 중국에선 저 멀리 유럽에까지 비단을 수출했는데 그래서 생긴 길이 비단길이고. 이 모든 게…… 누에 한 마리에서 시작된 거야."

아들은 한동안 소나무 가지에서 꿈틀거리는 누에들만 바라보았다. 입에서 희미한 안개 같은, 달리 보면 솜사탕 같은 것을 토해내는 누에들을. 그러더니 거기에서 눈을 떼지 않고 중얼거렸다.

"…… 그럼 고치 속에 있던 번데기는 어떻게 됐어요?"

"번데기?"

아들이 고개를 끄덕였다. 누에 앞으로 무릎걸음으로 다가가

더니 현미경을 들여다보듯 눈을 바짝 들이댔다.

"어떻게 하긴 어떻게 해. 사람들이 술안주나 간식으로 먹지. 너도 먹어봤잖아?"

아들의 눈에서 눈물방울이 굵어지더니 볼을 타고 주르륵 흘러내렸다. 이번에는 건식의 입이 쩍 벌어졌다.

자그마한 잠실의 문이 벌컥 열렸다.

"여기서 잘 생각이야?"

아내의 표정은 한심하다, 그 자체였다. 건식은 담요를 덮고 누웠던 자리에서 일어났다. 거실에서 흘러들어온 불빛이 고치 짓는 누에들을 염탐하듯 훑었다.

"오늘만 잘 거야. 누에들은 예민하니까 빨리 문 닫아."

"누에만 예민해?"

건식은 누에들이 스트레스를 받을까봐 서둘러 일어나 밖으로 나와 소리 나지 않게 문을 닫았다. 아내는 팔짱을 낀 채 그 모습을 지켜보고 있었다. 기가 막힌다는 표정이었다. 그리곤 이내 징그러운 무엇을 봤다는 듯 손가락으로 건식의 어깨를 가리켰다. 건식의 어깨에는 입에서 실을 뽑아내는 누에 한 마리가 머리를 들고 주변을 기웃거리고 있었다. 건식은 다시 잠실에 들어갔다가 나왔다.

"누에들은 화장품 냄새 싫어해."

"당신 왜 그래!"

아내의 갈라진 목소리가 깊은 밤 거실의 적막을 일시에 뒤흔들었다. 건식은 손으로 아내의 입을 막았다.

"살살 말해. 누에들은 고성도 싫어해."

"……여보."

"고치를 다 지을 때까지만 조심하면 돼. 얼마 안 남았어."

"여긴 누에들 집이 아니라 우리 집이야. 내가 왜 누에들 눈칠 봐야 하는 거야? 당신, 직장에서 잘리더니 미친 거 아냐!"

"……나, 멀쩡해."

"방금 한 말 취소. 난 당신이…… 왜 갑자기 누에들에게 집착하는지 그 까닭을 모르겠어."

거실에 꽉 차 있는 답답한 속으로 두 사람이 번갈아서 한숨을 보냈다. 건식은 아내에게 어떻게 설명해야 좋을지를 궁리했지만 적당한 말이 떠오르지 않았다. 아내가 건식의 말을 믿어 줄지도 의문이었다. 도리어 이상하게 여길 게 틀림없었다. 그렇다고 계속 입을 다문 채 누에들만 돌본다는 것도 무리였다. 아내의 말처럼 이 집은 아내와 건식, 그리고 아들이 지금껏 함께 살아온 집이었다. 어느 날 갑자기 들어온 누에가 그들을 일시에 밀어낼 수는 없었다. 건식은 텔레비전 화면에 시선을 붙여놓고 침을 끌어모아 삼켰다. 아내는 그의 어떤 말을 끈질기게 기다리고.

"……어렸을 적에 가족들이 나만 빼놓고 모두 누에로 변해버렸어."

"……가족들이 누에로 변했다고? 사고로 돌아가셨다고 했잖아?"

"당신한테 거짓말을 한 거야. 누에로 변했다고 하면 믿지 않을 거 같아서."

"……지금 그 얘길 나더러 믿으라고?"

"……믿기 어렵겠지만 믿어줬으면 좋겠어."

"당신 정말 왜 그래! 당분간 직장 안 구해도 돼. 당신 하고 싶은 대로 해. 그렇지만 말도 안 되는 거짓말은 하지 마, 제발!"

"거짓말이 아니야."

"……무서워!"

건식의 눈을 바라보는 아내의 눈이 파르르 흔들렸다. 건식은 슬그머니 일어나 잠실로 들어가는 문의 손잡이를 잡았다. 그리고 아내를 돌아보았다. 아내는 눈물을 훔치고 있었다.

"……조금만 기다려줘."

<u>5</u>

 이 이야기는 옛날하고 옛적 오대산 깊은 골짜기에서 호랑이가 담배를 곧잘 피우던 시절에 벌어졌던 일이야. 어느 날 신하들은 임금님에게 이런 간청을 드렸어. 백성들이 목화와 삼, 모시풀, 뽕나무를 재배하지 않아 피해가 이만저만이 아니라고. 목화에서는 솜과 무명이 나오고 삼에서는 베가 나오고 모시풀에서는 모시가 나오고 뽕나무에 달린 뽕잎을 먹은 누에는 명주라는 천을 생산하거든. 사람들이 입는 옷과 덮을 수 있는 이불의 솜이 모두 이 네 가지에서 나와. 그런데 당시엔 백성들이 이 비싼 네 가지 천을 사기 위해 일 년 동안 농사지은 쌀과 보리를 팔았나봐. 그러니 어떻게 되겠냐? 응? 몰라?

누에의 난

……어떻게 되었는데?

등잔불이 실같이 가느다란 검은 연기를 피워 올리는 방에서 엄마는 뽕칼로 뽕도마에 올려놓은 뽕을 듬성듬성 썰고 있었다. 동생들은 베개를 베고 이불 속에 나란히 엎드려 칼날에 잘라나가는 뽕잎들을 신기한 듯 바라보았다. 뒷방 앉은뱅이책상 앞에 앉아 공부하던 건식은 잠시 볼펜을 놓고 엄마의 이야기에 귀를 기울였다.

옷 만드는 데 필요한 천을 사니 당연히 먹을 곡식이 줄어드는 거야.

엄마, 사람이 옷을 안 입고 살 순 없잖아요?

맞다!

엄마, 옷 입는 것보다 배가 고픈 게 더 중요하잖아요?

그것도 맞다!

에이, 옷도 입어야 하고 밥도 먹어야 하잖아요?

그래서 임금님이 결단을 내리셨단다. 백성들이 곡식도 생산하고 옷 만드는 원료가 되는 작물도 함께 재배하도록 임금님이 직접 나선 거야.

임금님이요?

응. 백성들이 따라서 하도록 궁궐에 잠실을 만들고 누에를 기르기 시작한 거야. 여러 가지 천 중에서 가장 값이 나가는 게 누에고치에서 뽑아낸 명주, 즉 비단이거든. 더군다나 누에는 다른 것과 달리 한 달 반, 45일이면 고치를 생산할 수 있어서 훨씬 유리했어. 뽕나무 심을 땅이 많이 필요하지도 않고. 그러니 백성들이 농사도 지으면서 부업으로 고소득을 올릴 수 있다고 판단한 거야. 배도 곯지 않고 비단을 판매한 돈으로 다른 천을 구해 옷도 만들어 입을 수 있었거든.

왜요? 비단옷이 더 좋을 텐데.

옛날 옛적에는 아무나 비단옷을 입을 수 없었어. 비단옷은 양반들만 입을 수 있는 옷이었어. 백성들은 목화로 만든 무명옷이나 베옷을 주로 입었어.

에이, 말도 안 돼!

자기가 만든 비단으로 옷도 못 만들어 입어요?

비단이 워낙에 비싸고 귀한 천이어서 그런 거야. 대신 그걸로 더 많은 다른 천이나 곡식을 바꿀 수도 있으니까 너무 화내지 마. 하여튼 옛날 옛적에 임금님은 백성들이 누에 키우는 걸 장려하기 위해 궁궐에서 직접 누에 기르는 시범을 보였어. 게다가 임금님은 매년 누에의 신에게 제사까지 지냈고 왕비 역시 뽕을 따서 누에에게 먹이는 시범을 보였지. 백성들에게 누에 기르기를 권장하기 위해서. 옛날 옛적, 호랑이가 오대산 깊은 골짜기에서 가끔 담배도 피우던 시절에 누에와 관계된 이야기는 그뿐만이 아냐. 옛날 옛적에…….

엄마의 이야기를 듣던 동생들은 가느다랗게 코를 골며 잠을 자고 있었다. 엄마의 뽕잎 써는 소리가 규칙적으로 쓱! 쓱! 피어나는 밤이었다. 건식은 책상 위에 올려놓은 등잔불을 입으로 불어서 껐다. 석유냄새가 확 피어났다가 서서히 사라졌다. 졸음이 몰려왔다. 동네 가겟집에서 술을 마시는 아버지는 아직도 돌아오지 않았다. 엄마는 가끔 칼질을 멈추고 바깥의 동정에 귀를 기울이다가 한숨을 짧게 뱉어내곤 다시 뽕을 썰었다. 엄마의 보증에 여태 화가 풀리지 않은 아버지는 저녁만 먹으면 동네 가겟집으로 달려가 술을 마시는 게 일이었다. 이불 속으로 들어간 건식이 엄마가 누에들의 옛이야기들을 어떻게 저리 잘 알고 있는지 궁금해 하며 막 눈을 감았을 때 갑자기 밤의 적막을 깨는 개 짖는 소리가 들렸다. 개 짖는 소리는 곧이어 깨갱거리는 신음소리로 바뀌었다.

아버지였다.

술 취한 아버지였다.

집 안은 술집처럼 소란스러워졌다. 자다 깨어난 동생들의 울음소리가 둥지에서 떨어진 새끼 새들처럼 애처로웠다.

엄마는 동생들을 데리고 부엌으로 나갔다. 술 취한 아버지가 잠들 때까지 부엌의 아궁이 앞에서 새우잠을 청할 요량이었다.

6

앉은뱅이책상에 올려놓은 두 팔을 베개 삼아 깜박 잠이 들었던 건식은 꿈에서 깨어나듯 눈을 번쩍 떴다. 아궁이 앞에 끌어내놓은 불은 재로 변한 지 오래였다. 건식은 이불을 뒤집어쓰고 앉아 멍한 눈으로 남포등의 불꽃을 한참이나 바라보았다. 남포등은 부엌의 일부밖에 밝히지 못했기에 불빛이 미치지 못하는 물건들은 괴기스러운 분위기를 풍겼다. 보꾹 아래 매달아놓은, 연기에 그슬린 창호지를(매년 터 제사를 지낼 때 새것으로 교체하곤 했다) 멍하니 올려다보던 건식은 그제야 아직도 식구들이 잠자리를 깔아놓은 부엌으로 돌아오지 않았다는 사실을 다시 떠올렸다. 그리고 방금 전의 꿈속에서 애타게 건식을 부르던 어떤 목소리의 끄트머리를 간신히 떠올릴 수 있었다. 여동생의 목소리였던 것도 같은데 고개를 돌려보니 이상하게 동생의 모습은 보이지 않았고…….

엄마와 아버지 동생들은 왜 돌아오지 않는 걸까…….

손전등을 켜고 잠실을 둘러보는데 어떤 서늘함이 등덜미에 철썩 달라붙은 것만 같아 건식은 몸을 떨었다. 황급히 돌아보면 아무것도 없음에도 불구하고. 마지막으로 부엌과 붙어 있는 잠실의 문을 열고 안을 둘러보았다. 잠실의 후끈한 열기가 건식의 얼굴을 감싸 안았다. 부엌보다 이루 말할 수 없이 따스한 공기였다. 문을 닫고 부엌으로 돌아가기가 싫어질 정도로. 얼음판처럼 등에 찰싹 붙어 있는 어떤 서늘함도 건식의 발목을 잡고 있는 것만 같았다. 손을 내밀어 방바닥을 만져보니 문지방 앞마저도 잘잘 끓고 있었다.

"감기 기운이 있거든. 잠시 누웠다가 나갈게."

부엌의 남포등을 끄고 얇은 담요와 베개를 가지고 잠실로 들어온 건식은 누에들에게 사정을 설명했다. 손가락만 한 누에들은 대답 없이 뽕잎만 갉아댔다. 건식은 걸레로 시렁과 시렁 사이의 통로를 대충 치우고 누워 담요를 덮었다. 서늘했던 등이 일시에 녹는 것 같았다. 손전등도 끈 터라 처음에는 깜깜했지만 시간이 조금 흐르자 문종이를 바른 양쪽 여닫이문에서 흘러들어 오는 달빛이 어느 정도 주변을 인식할 수 있게 해주었다. 하루에도 몇 번씩 잠실을 드나들었지만 베개 베고 담요 덮은 채 누워 보기는 처음이었다. 물론 누에들이 차지하기 전엔 건식의 가족들이 밥을 먹고 숙제를 하고 잠을 자던 방이었지만. 바람 없는 날의 웅덩이에 개구리 한 마리가 뛰어들자 수면으로 번져나가는 잔잔한 파문처럼 누에들이 뽕잎을 갉아먹는 소리가 건식의 귓속으로 한 겹 두 겹 밀려들어 왔다. 건식은 집으로 돌아오지 않는 가족들을 생각하며 스르르 눈을 감았다.

아직은 쌀쌀한 봄날 저녁에 돈을 빌려준 윗마을 아주머니가 아저씨와 함께 집으로 찾아왔다. 그 아주머니의 얼굴에도 수심이 가득했다. 아저씨는 술을 마시고 왔는지 얼굴이 벌겋게 변해 있었다. 아마 그 아주머니도 아저씨에게 꽤나 시달림을 당한 것처럼 보였다. 엄마는 동생들을 건식이 공부하고 있는 윗방으로 보내고 미닫이문을 닫았다. 어른들이 나누는 목소리와 술잔을 비우고 술병을 밥상에 내려놓는 소리만 윗방으로 건너왔다. 건식은 동생들에게 조용히 놀 것을 손짓과 표정으로 일러주고 책상에 펼쳐놓은 교과서를 넘겼다. 아무리 넘기고 또 넘겨도 머릿속으로 전혀 들어오지 않는 글자들을.

"누에 쳐서 갚을 테니 너무 걱정하지 마세요."

엄마의 목소리에는 자신감이 배어 있었다.

"……아주머니, 누에 쳐서 얼마나 번다고."

"작년까진 반 장만 쳤는데 올해부턴 한 장[1] 모두 치기로 했어요. 누에씨도 이미 받아 왔고."

"한 장이나 되는 누엘 어디에서 쳐요?"

잠실의 크기를 놓고 하는 말이었다. 우리 집 잠실로는 반 장밖에 칠 수 없었다.

"이 집에서 치면 됩니다! 그러니 편의를 좀 봐주세요. 부탁해요."

건식은 한숨을 삼켰다. 가족들이 생활하고 있는 곳까지 누에를 치겠다는 게 엄마의 계획이었다. 그럼 학교에서 돌아와 공부는 어디서 하고 잠은 어디서 잔단 말인가. 밥은 어디서 먹고, 옷은 어디서 갈아입지? 건식으로서는 도무지 엄마의 계획이 납득이 가지 않았다. 아버지는 아무 말도 않고 계속 술잔만 비우는 것 같았다. 보증 한 번 잘못 서서 찾아온 피해가 만만치 않았다. 집 안에 웃음이 사라졌고 아버지는 매일같이 밤이면 술

---

1) 누에 한 장엔 보통 20,000알의 누에씨가 들어 있다. 그러니까 이만 마리의 누에로 변할 알들이.

독에 빠졌다. 엄마와 아버지는 시간만 나면 싸운다고 동생이 일러주었다. 보증을 서면서 구문이라도 받았다면 모르겠지만 그것도 아닌 것 같았다. 단지 엄마의 어린 시절 가까이 지냈던 친척이라는 이유가 전부였다. 그렇다고 아버지의 행동도 이해하기 힘들었다. 아무리 화가 난다지만 그래도 부부가 아닌가. 부부라면 어떤 곡경이 닥쳐도 함께 헤치고 나가야지 하루가 멀다 하고 아내에게 술주정이나 하다니. 엄마가 이렇게 될 것을 알고 보증을 선 건 분명 아니니까 말이다. 건식은 장난감을 가지고 놀다가 잠든 동생들에게 이불을 덮어주고 책상 앞으로 돌아왔다. 등잔의 심지에 붙은 불꽃은 미미한 바람에도 꺼질 듯 위태롭게 흔들렸다.

"하여튼 아주머니만 믿고 돌아가겠습니다. 올해 누에고치 수매하면 한 푼도 빼지 않고 받는 조건입니다."

"그럴게요. 고맙습니다."

"……미안해요. 밤늦게 찾아와서."

"이해해요."

윗마을 아주머니가 방을 나가면서 나지막한 목소리로 엄마에게 처음 입을 열었다. 건식은 등잔불을 끈 뒤 눈물이 그렁그렁한 눈을 손등으로 비볐다. 책상 위에 얼굴을 묻었다. 대체…… 돈이란 게 뭐기에…… 조만간 이어질 아버지의 술주정을 기다리며 짝을 찾지 못한 소쩍새처럼 훌쩍거렸다.

"……오빠?"

"……형?"

누군가 부르는 소리에 건식은 주변을 두리번거렸지만 아무것도 보이지 않았다. 수천 마리의 누에들이 풍겨내는 냄새만 가득할 뿐이었다. 건식은 자리에서 일어나 앉았다. 분명 동생들의 목소리였다. 하지만 누에들이 뽕잎을 갉아대는 소리만 물결처럼 퍼져나갈 뿐 동생들의 목소리는 더 이상 들리지 않았다. 그제야 잠실 밖에서 부르는 것일지도 모른다는 생각에 엉금엉금 기어 앞문으로 다가갈 때 다시 뒤편에서 목소리가 피어났다.

"……건식아?"

엄마였다. 건식의 등에 저녁의 소름이 일순간에 다시 번졌다. 엄마의 목소리가 피어난 곳은 시렁의 아래편 구석에 놓인 잠박 근처였다. 건식은 다시 엉금엉금 기어서 그곳으로 다가갔다. 두려움과 호기심이 딱 반반씩 섞인 얼굴을 하고서.

"……누가 날 부른 거야?"

건식은 누에들로 가득한 잠박에 손전등을 비추며 설마, 하는 마음으로 입을 열었다. 누에들은 거의 줄기만 남은 뽕잎에 매달려 뽕잎을 갉아먹고 있었는데 그중 귀퉁이의 네 마리만 따로 모여 뽕잎은 먹지 않고 머리를 쳐든 채 꼭 건식을 바라보는 것만 같았다. 두 마리는 어른 검지 정도의 크기였고 나머지 두 마리는 새끼손가락만 했다. 건식은 그 누에들에게 눈을 가까이 가져갔다. 그러자 기다렸다는 듯이 작은 누에의 입이 열렸다.

"오빠?"

"⋯⋯예식이?"

"응. 나 오빠 여동생 예식이야."

"⋯⋯니가 예식이라고?"

"형, 나는 하식이야."

그 옆의 작은 누에도 입을 열었다. 동그랗고 까만 눈이 정말 남동생 하식이를 닮아 있었다.

"⋯⋯이게 대체 어떻게 된 일이야? 엄마와 아버지는?"

건식은 두 마리 작은 누에 곁에 있는 큰 누에 둘을 바라보며 물었다. 그러자 기다렸다는 듯이 큰 누에가 꿈틀거렸다.

"건식아, 애비다."

"나는 엄마고."

아버지와 엄마의 기운 없는 목소리가 건식의 귀에 무겁게 매달렸다. 건식은 입을 딱 벌린 채 네 마리의 누에들에게서 눈을 떼지 않았다. 가족들이 누에로 변해 있다니…… 이 사실을 믿어야 될지 말아야 될지 의심하며. 옛날이야기 속에서나 나올 법한 일이 실제로 벌어지다니. 건식은 잠시 생각에 잠겼다가 고개를 끄덕였다. 사람이 누에로 변하다니. 말도 안 돼. 이건 분명 꿈일 거야.

"……꿈이 아니란다."

엄마의 우울한 목소리였다. 건식은 알고 있었다. 엄마는 거짓말하지 않는다는 것을.

"대체 어떻게 된 일인지 설명을 해봐요."

건식은 잠박 귀퉁이에 모여 있는 누에 네 마리 앞에 자세를 바로하고 앉았다. 두근거리는 속내를 진정시키며.

"왜 갑자기 누에로 변했는지 우리도 모른다. 너 학교 갔을 때다 함께 산으로 뽕을 따러 갔어. 한나절 땀흘려 뽕을 딴 게 전부야. 어느 정도 따고 준비해 간 참을 먹고 잠시 눈을 붙였는데…… 깨어나니 누에로 변해 있는 거야. 산에서 잠들었는데 장소도 여기로 바뀌었고."

"정말이야, 오빠!"

"니 엄마 말이 사실이다."

"난 누에 말고 호랑이로 변신하고 싶었는데⋯⋯."

건식은 자신도 모르게 남동생 하식이의 머리를 쓰다듬어주려고 손을 내밀었다가 잘못 만지면 터져버릴지도 모른다는 생각에 이내 거두었다. 대신 자기 머리를 쓰다듬으며 생각을 정리하려고 애를 썼다.

"⋯⋯왜 누에로 변한 걸까요?"

누에 네 마리는, 아니 엄마와 아버지, 동생들은 건식의 질문에 머리를 이리저리 돌렸다. 그때마다 까만 눈동자들이 손전등 불빛 속에서 반짝거렸다.

"니 엄마가 보증을 잘못 서서 이렇게 된 거 같다."

아버지였다.

"아니, 그럼 보증 잘못 선 사람들은 모두 누에로 변했겠네요! 그리고 변하면 나만 변하지 당신과 아이들은 왜 변해요?"

엄마의 목소리는 사람의 모습이었을 때보다 훨씬 강했다. 아버지가 움찔했다.

"매일, 뽕만 따서, 누에로 변한 거 같아요."

하식이가 길게 하품을 했다. 사람은 매일 잠을 자지만 애벌레로 살아가는 동안 단 네 번밖에 자지 않는 누에가 하품을 하다니…… 건식은 새끼손가락으로 하식의 머리를 살살 쓰다듬어주었다.

"……사는 게 너무 힘들어서 차라리 누에가 되고 싶다고 꿈속에서 빌었나 봐요."

엄마와 아버지는 예식이의 말에 입을 쩍 벌렸다. 손이 없고 발만 여러 개인 누에인지라 엄마는 예식이에게 꿀밤을 먹인다는 게 그만 머리로 박치기를 하고 말았다. 아버지는 험험, 헛기

침을 했다.

"쪼끄만 게 못하는 말이 없어!"

"내 말이 맞지 뭐, 틀려?"

"니가 살면 얼마나 살았다고 사는 게 힘들어!"

"나도 알 만큼 안다, 뭐……."

"그만들 해!"

마침내 아버지가 고함을 버럭 질렀다. 하지만 다른 때와는 분위기가 현저하게 달랐다. 밥상이 엎어지지도 않았고 마당으로 날아간 술병이 깨지지도 않았다. 동생들의 울음소리 역시 마찬가지였다. 엄마와 아버지의 한숨과 욕도. 누에 가족이 할 수 있는 일은 그다지 없었다. 건식은 묘한 심정이 되어 잠박 귀퉁이에 모여 있는 네 마리의 누에들을 바라보았다.

"그나저나…… 당분간 건식이 니가 누에들을 돌봐야 한다."

엄마의 말이 무거웠다. 건식의 머릿속이 일시에 복잡해졌다. 미처 생각하지 못했던 일이었다.

"제가요? 이 많은 누에들을 어떻게 혼자서 돌봐요? 학교에 가야 하는데……."

"우리가 사람이 될 때까지 학교는 당분간 쉬어라."

아버지가 엄마 편을 거들었다.

"……누에들을 굶겨 죽일 수는 없지 않겠니. 일주일 정도만 지나면 누에들이 고치를 지을 거야."

건식의 심정과 처지를 다 안다는 듯 엄마가 한숨과 함께 말을 끝마쳤다. 그동안 아무리 농사일이 바빠도 단 한 번도 학교에 결석을 시킨 적이 없던 엄마였기에 건식의 마음도 덩달아 무거워졌다. 시험공부해야 한다고 하면 두말 않고 밭에서 집으로 보냈던 엄마였다. 그랬던 엄마가 건식에게 누에를 돌봐야 한다고 말하니…….

"난 누에에 대해 아무것도 모르는데."

"다행히 우리가 말할 수 있으니 걱정 안 해도 돼."

"……."

"우리가 언제까지 누에로 변해 있겠냐. 그동안만 네가 고생 좀 해라. 이 누엘 잘 키워야 빚을 갚을 수 있어."

건식은 엄마의 당부에 쇳덩이처럼 무거워진 머리를 천천히 끄떡였다. 누에들이 뽕잎을 갉아먹는 소리의 물결이 끊이지 않는 밤이었다.

사각사각…….

싸각싸각…….

사각사각…….

7

소나무 가지로 올라간 누에들은 고치를 짓기 위해 본격적으로 실을 토해냈다. 솜사탕 같은, 안개 같은 실이 솔잎 사이에서 둥그렇게 피어났다. 한없이 가느다란 실이 만들어내는 풍경이었다. 그 가운데에 누에가 있었다. 누에는 입에서 토해내는 가느다란 실로 처음에는 성기게, 그러나 시간이 흐를수록 촘촘하게, 마치 천을 짜듯 둥근 집을 지었다. 집 밖에서가 아닌 집 안에서. 그동안 줄기차게 먹었던 뽕잎을 실로 만들어서 문도 없는 집을, 한동안 스스로를 가둬버리는 집을 줄기차게, 맹렬하게 짓고 있었다. 번데기로 변해 또 다른 잠을 자기 위한 준비였다. 잠을 자는 동안 다른 천적들로부터 생명을 지키기 위한 집이니만큼 튼튼해야 했다. 가느다란 실이 두툼한 실 가죽이 될 때까지 둥글게, 둥글게 부지런히 머리를 돌리느라 바빴다. 그러지 않으면 둥근 집의 어느 한 곳이 허술해질 테고 천적들은 그곳을 뚫고 들어가 잠든 번데기를 잡아먹을 테니 말이다. 잡아먹히지 않아야 고치 속에서의 잠을 모두 자고 날개 달린 나방으로 변신할 수 있었다. 비록 날개가 아름다운 나비는 아니지만…….

자그마한 잠실에 누운 건식은 베개 위에 다시 팔베개를 한 채 누워 누에들이 피워 올리는 꽃들을 바라보았다. 흐뭇했다. 가까이 다가가 입으로 한 입 베어 물고도 싶었다. 입에 넣으면 솜사탕처럼 달콤하게 녹을 것 같았다. 침까지 꿀꺽 삼켰던 건식은 곧 헛기침을 토해냈다. 남의 집을 솜사탕인 것처럼 꿀꺽 삼키려 했다니. 잠도 자지 않고 집을 짓고 있는 누에들에게 갑자기 미안한 마음이 들어 슬그머니 자리에서 일어났다.

"한밤중에 어디 가?"

옷을 챙겨 입자 텔레비전을 보고 있던 아내가 물었다. 건식은 그제야 어디로 갈 것인가를 생각했지만 딱히 떠오르는 데가 없었다.

"……누에들이 집을 짓고 있어."

"……알아. 근데 어디 가냐고?"

"……바람 좀 쐬고 올게."

"……너무 멀리 가진 마."

아내의 마지막 말이 누에처럼 실을 토해내며 고치를 짓고 있었다. 너무 멀리 가진 마…… 자동차의 운전대만 움켜잡고 있을 뿐 갈 곳도 아직 정하지 못했는데 계속해서 둥글게, 둥글게 맴돌았다. 시동도 걸지 않은 채 한참 동안 운전석에 앉아 망설이다가 비로소 건식은 갈 곳을 정했다. 어디든…… 가는 데까지 가보자고.

마을길을 빠져나온 건식은 치악산 아랫자락을 따라 도는 자동차전용도로로 들어섰다. 어떤 뜻이 있어서가 아니라 그냥 들어섰다. 들어서지 않을 수도 있었는데 마침 좌회전을 알리는 파란 화살표에 불이 들어왔기에 운전대를 왼쪽으로 돌렸다. 그리고 천천히 가속페달에 올려놓은 발에 힘을 주었다. 자동차는 꿈틀하더니 속도를 내기 시작했다. 밤의 자동차전용도로는 적막했다. 앞서가는 차도 뒤따라오는 차도 보이지 않았다. 운전대에 두 손을 올려놓은 건식은 둥그런 전조등 불빛만 노려보았다. 인근 과수원에서 도로로 날려온 무수한 복숭아 꽃잎들이 전조등 불빛을 받자 반짝거리기 시작했다. 건식은 발에 조금 더 힘을 주었다. 꽃잎들은 점점 더 가까이 다가왔다가 휙휙 사라졌다. 너무 멀리 가진 마…… 누에가 꿈틀거리며 실을 토해내듯 아내의 말이 부드럽게 건식의 목덜미를 휘감았다. 건식은 오른 발에 몰려 있는 힘을 조금 뺐다. 아내는 어떤 생각으로 그런 말을 했을까. 내가 너무 먼 곳으로 갈지도 모른다고 예상을 한 것일까. 나도 모르는 내 의도를 미리 엿본 것일까. 의도하지는 않았지만 나는 아주 먼 곳으로 바람 쐬러 가려고 이미 예정돼 있던 것일까. 나보다 먼저 아내는 나의 무엇을 눈치 챘던 것일까. 건식은 손가락으로 운전대를 톡톡 두드리며 고개를 끄떡였다. 멀리 가진 않을 거야. 누에를 돌봐야 되거든. 누에를 기르면 먼 곳으로 갈 수 없어. 전방에 야생동물 출몰지역입니다. 주의하세요. 야생동물? 건식은 내비게이션으로 시선을 옮겼다. 도로 왼편 가까이까지 치악산의 산줄기가 뻗어 있었다. 왜 산짐승들은 산을 떠나 도시로 내려오는 것일까. 먹을 게 떨어진 것일까. 무리들에게 따돌림을 당한 것일까. 아니면 짝짓기에 실패해 쫓겨난 것일까. 그도 아니면 나처럼 직장에서 해고당한 것일까…… 까닭이 무엇이든, 한 번 산에서 내려오면 다시 돌아갈 수는 있는 걸까…… 건식은 혹시라도 도로로 뛰어들지 모를 산짐승을 대비해서 자동차의 속력을 늦췄다. 길 옆 표지판에 그려놓은 고라니 한 마리가 천천히 다가왔다가 뒤로 사라졌다. 전방에 터널입니다. 속도를 줄이세요. 저 앞에 노란 불빛으로 가득한, 거대한 누에고치 같은 터널이 입을 벌리고 있었다. 건식은 터널 속으로 들어갔다. 노란 불빛들이 자동차 안으로 쏟아져 들어왔다. 마치 한 마리 번데기로 변한 느낌이 들어 황급히 시선을 내려 몸을 들여다보곤 안도의 숨을 내뱉었다. 그래도 혹시나 하는 의심을 버리지 못한 건식은 오른손으로 옷 속에 감춰진 왼팔과 가슴, 배, 허벅지를 차례로 쓰다듬어보고서야 안심을 했다. 터널은 텅 빈 누에고치 속이나 다름없었다. 잠에서 깨어난 번데기들은 새로 생겨난 날개를 단 나방이 되어 모두 고치 밖으로 날아간 모양이었다. 건식도 터널을 빠져나왔다. 전방에 과속 감시 카메라가 있습니다. 과속에 유의하세요. 건식은 그동안 한 번도 과속 감시 카메라에 사진을 찍힌 적이 없었다. 아무리 급해도 웬만해선 과속을 하지 않았다. 가급적이면 다른 차를 무리하게 추월하지도 않았다. 조금 답답하더라도 그 뒤를 따라갔다. 빨리 가라고 빵빵거리지도 않았다. 따라가다 보면 어느 지점에서부터 다시 원래의 속도를 낼 수 있었다. 추월해 간 다른 차들보다 시간 차이도 그리 많이 나지 않았다. 다 거기서 거기였다. 그런데…… 왜 회사에서 자신을 해고했는지 이해할 수 없었다. 빨리 달리지 않아서? 아니면 너무 늦게 달려서? 해고를

당하고 난 뒤 줄곧 누에를 기르는 잠실에서 칩거하는 동안 아무리 생각해 봐도 납득할 수가 없었다. 억지로라도 납득하려고 했지만 납득이 되지 않았다. 잠시 뒤 자동차전용도로가 해제됩니다. 이륜차나 보행자를 주의하십시오. 삼거리 붉은 신호등 앞에서 멈췄다. 이제 어디로 갈까…… 오른쪽으로 가면 어디고 왼쪽으로 가면 또 어디지? 삼거리 건너편 쇠기둥에 매달린 커다란 이정표가 있었지만 건식은 글씨가 읽히지 않았다. 미끌미끌한 무엇인가가 자꾸만 시야를 가렸다. 너무 멀리 가진 마…… 아내의 목소리가 다시 목덜미를 감쌌다. 누에가 뽑아내는 부드러운 명주처럼.

건식은 차를 되돌렸다.

"……어디야?"

"……자동차전용도로."

"……늦었어. 빨리 들어와."

"……조금만 더 있다 들어갈게."

"……누에가 당신을 기다릴 거야."

"……알았어."

자동차의 디지털시계는 새벽 두 시를 막 넘어서고 있었다. 건식이 자동차전용도로를 다섯 번 왕복하고 있을 때 걸려온 아내의 전화였다.

집의 거실에 불이 켜 있었다. 건식은 집이 저만치 보이는 곳에 차를 세우고 전조등을 껐다. 아들 녀석이야 당연히 잠들었겠지만 아내는 잠들지 않았을 것이다. 지난 십여 년간 아내와 함께 공들여 만들어온 집이고 가족이었다. 건식은 의자를 뒤로 젖혀 깊숙이 등을 기댄 채 원주의 한 귀퉁이, 완전한 농촌은 아니지만 그래도 농촌의 분위기가 나는 곳에 자리한 집에서 눈을 떼지 않았다. 여기에다 집을 정한 건 건식의 의지였다. 도시는 밥벌이를 해야 하는 곳이었지만 그렇다고 도시에서 살고 싶지는 않았다. 여러 차례 아내에게 이야기하고 또 설득해서 정한 자리였다. 어린 시절에 살던 산골마을에야 비할 수 없지만 흙냄새, 나무 냄새, 풀냄새, 새 소리, 꽃들…… 그것들을 온전히 지나온 바람 냄새를 그나마 맡을 수 있는 곳이었다. 건식은 이해할 수 없었다. 그런 집에 왜 들어가지 못하고 우두커니 바라보고만 있는지. 단지 직장에서 해고된 것 때문에? 그것 때문에? 고작? 겨우? 아직은 무엇이든 다시 시작할 수 있는 나이였다. 아내도 충분히 건식의 입장을 이해해 주는 사람이었다. 그런데 왜…….

다시 마을길을 빠져나온 건식은 이번엔 원주 시내로 들어가는 도로로 차를 몰았다. 야트막한 언덕길 입구에서 노란 불이 깜박거렸다. 새벽의 길은 신호등이 모두 꺼져 있었다. 상가의 불도 대부분 꺼져 있었다. 24시간 문을 여는 마트만 불을 환히 밝힌 채 가까이 다가왔다가 멀어져갔다. 건식은 내비게이션의 코드를 뽑았다. 너무 멀리 가진 마…… 영동고속도로로 들어가는 입구를 지나칠 때 다시 피어난 아내의 말은 목덜미를 기어가는 누에처럼 서늘했다. 걱정 마, 멀리 가진 않을 거야. 기사식당들의 불도 모두 꺼져 있었다. 군부대로 들어가는 정문엔 바리케이드가 겹겹이 가로놓였고 총을 든 위병의 모습이 언뜻 보였다. 병원의 간판, 교회의 십자가, 교통량이 많은 사거리의 신호등만 그나마 제 역할을 하는 새벽이었다. 건식은 대로를 벗어나 구불구불하고 언덕이 많은 이차선 도로로 차를 몰았다. 불빛이 사라진 밤의 도로는 처음 와보는 것처럼 낯설었다. 낮의 풍경과는 전혀 다른 풍경에 건식은 방향을 잡을 수 없었다. 동서남북이 어디인지 헷갈렸다. 차는 멈추지 않고 이동하고 있었지만 거기가 거기 같았다. 같은 자리에서 계속 맴을 도는 느낌이었다. 도시 속, 밤의 미로로 들어와 갇혀버렸다는 생각이 점점 힘을 얻고 있었다. 쉬지 않고 실을 토해내고 있는 누에를 데리고 왔더라면…… 그랬더라면 그 실을 따라 되돌아갈 수 있을 텐데……

건식은 어느 막다른 골목 안에서 비상등을 켠 채 브레이크를
밟고 있었다.

"……새벽 세 시야."

아내였다.

"……시내로 들어왔는데, 여기가 어딘지 모르겠어. 막다른 골
목 안이야."

"……술 마셨어?"

"아니."

"……."

"……."

건식은 전화기로 흘러나오는 아내의 숨소리만 들었다.

"……길이 있을 거야."

아내의 말에 건식은 고치 안에 스스로를 가둔 한 마리 누에
처럼 막다른 골목 끝을 오래 들여다보았다. 비상등 불빛이 깜박
거리는 골목을.

8

이것은 무섭지만 따스한 이야기다.

9

"저쪽 방 시렁 기둥 하나가 아무래도 위험해 보인다."

누에로 변한 아버지가 건식에게 근심어린 말을 전했다.

"까딱하면 시렁 전체가 무너질지 모르니 빨리 다른 기둥을 깎아 받쳐라."

"여기 있으면서 그걸 어떻게 아세요?"

행동반경이 고작 잠박 안이 전부인 누에의 특성을 아는 터이기에 물어본 말이었다.

"소리가 들린다."

그 방에 달려가 보니 과연 아버지의 말대로 나무기둥 하나가 잠박들과 누에의 무게를 이기지 못하고 금이 간 채 잔뜩 뒤틀

어져 있었다. 건식은 서둘러 톱과 낫을 챙겨들고 새 기둥을 만드느라 진땀을 흘렸다. 삐뚤빼뚤한 톱질과 낫질 솜씨로. 아버지가 보면 분명 집어 내던지고 다른 걸로 대체할 게 분명한 기둥으로 기울어진 시렁을 얼추 바로세운 뒤에야 얼굴에 가득한 땀을 훔칠 수가 있었다.

누에들의 귀가 그렇게 예민한가…… 고개를 갸웃거리며 아버지에게 달려가 임시처방을 마쳤음을 알렸다. 아버지와 엄마의 표정이 한결 밝아졌다.

"니가 없었더라면 큰일날 뻔했다!"

"오늘은 이만 자고 내일 든든한 걸로 하나 더 받쳐라."

엄마와 아버지는 건식이 대견하다는 듯 머리를 꿈틀거렸다. 동생들은 뽕잎을 먹느라 바빴다. 건식은 두 손 가득 뽕잎을 집어 가족들 위에 이불처럼 얹어놓고 잠실을 나왔다. 뭔가 뿌듯한 기분이 들었지만 어깨 위에 똑같은 무게의 부담감이 올라앉은 것도 사실이었다. 정말로, 누에들의 가장이 된 기분이었다. 부엌의 아궁이 앞에 앉은 건식은 늦은 저녁을 먹으며 목으로 넘어가는 밥보다 더 많은 한숨을 폭폭 뱉어냈다.

"……나도 누에가 되고 싶다."

알에서 깨어난 누에들은 놀라울 정도로 빠르게 자라났다.

학교에 갔다가 어둑어둑해질 무렵 막차를 타고 돌아오면 개미누에들은 정확하게 몸통이 배로 불어나 있었다. 엄마는 계속해서 누엣자리를 넓히느라 바빴다. 어린누에들이었기에 뽕잎의 소비량은 아직 얼마 되지 않았다. 잘게 썬 뽕잎을 누에들에게 골고루 술술 뿌려주는 일은 동생들이 맡아서 했다. 그나마 손이 덜 가는 시기라 건식의 손까지는 필요하지 않았다. 대신 아버지는 좀 바빴다. 누에가 자라면 필요할 잠박과 시렁을 만드느라 뒷마당은 늘 어수선했다. 엄마가 누에 양을 늘렸기에 더 많은 잠박과 잠박을 올려놓을 시렁이 필요했기 때문이었다. 가느다란 버드나무 가지와 싸릿가지는 잠박을 만드는 데 쓰였고 껍질을 벗긴 참나무 장대는 시렁을 만드는 데 필요했다. 낮엔 밭농사 일을 하고 밤엔 누에 치는 데 필요한 도구들을 만드는 게 아버지의 일상이라면 엄마는 농사일을 하면서도 짬짬이 시간을 내어 뽕 따고 참을 준비하러 집에 들렀다가 누에를 돌보곤 했다.

"어두운데 그만하세요."

어두컴컴한데도 아버지는 조선낫으로 참나무의 껍질을 벗기다가 남포등을 들고 있는 건식을 돌아보았다. 이마엔 땀방울이 가득했다. 술에 취해 있을 때의 아버지완 전혀 다른 모습이었다.

"얼마 안 남았다. 이거 좀 잡아라."

아버지가 낫날을 앞으로 끌어당기자 마치 얇은 속옷이 벗겨져나가듯 참나무 껍질이 동그랗게 말렸다가 마당으로 떨어졌다. 건식은 참나무의 끝을 붙잡은 채 아버지에게서 건너오는 단내를 맡았다. 술 냄새에 비하면 아무것도 아니었다.

"옆으로 돌려라."

건식은 참나무의 위치를 45도쯤 돌렸다. 아버지의 낫은 참나무 위에서 현란한 춤을 추는 것 같았다. 정확히 껍질만 벗겨내고 옹이를 예리하게 도려냈다.

"이제 엄마에게 화 그만 내면 안 돼요?"

"……니가 상관할 일이 아니다."

아버지는 낫질을 멈추지 않았다.

"일부러 그런 건 아니잖아요."

"……"

"술을 마시면 기분이 좋아요, 나빠요?"

"술? 좋을 때도 있고 나쁠 때도 있다."

"전 어른이 되면 술 안 마실 거예요."

"……왜?"

아버지가 낫질을 멈췄다. 건식은 침을 삼켰다.

"취하면 자기도 모르게 술주정을 하잖아요."

"살다 보면…… 술주정이 필요할 때가 있어. 맨정신으론 못할 얘기도 있거든."

"그래도……."

"니가 모르는 게 있어. 그리고 어른이 되면 술 안 마실 거란 얘기, 내가 꼭 기억하마."

아버지는 낫을 헛간의 나무기둥에 꽂아놓고 손을 털었다. 기다렸다는 듯이 예식이가 뒷마당으로 나와 저녁밥상이 다 차려졌다는 소식을 알렸다.

알에서 누에들이 깨어나면서부터 집 안엔 조금씩 평화가 찾아들었다. 아버지가 술을 마시고 주정하는 날이 현저하게 줄어들었기 때문이었다. 물론 그게 꼭 애누에들 덕분만은 아니었다. 본격적인 농사철도 함께 시작된 탓이었다. 아무리 엄마가 보증을 잘못 선 게 화가 난다 하더라도 타고난 농사꾼인 아버지는 농사일 대신 매일 매일을 술로 낭비하진 않았다. 누구보다 먼저 아직 얼음이 배겨 있는 두엄더미를 파헤쳐 밭으로 실어 나르기 시작했다. 지게와 리어카를 사용해서. 술이라야 반주로 마시는 막걸리가 전부였기에 엄마의 표정도 한결 부드러워졌다. 비로소 예전의 모습으로 돌아간 것만 같아 건식도 학교를 마치고 집으로 돌아오는 게 싫지 않았다. 집에 돌아와 어두워질 때까지 밭에 나가 일을 거들어야 하더라도.

냉이를 넣은 된장국으로 저녁을 먹은 뒤 건식은 아버지와 함께 잠실로 들어가 시렁 설치하는 작업을 계속했다. 기둥을 세우고 기둥과 기둥을 가로지르는 나무에 못을 박고. 건식이 주로 한쪽 끝을 잡고 있으면 아버지는 반대편에서 망치를 이용해 아래에서부터 한 칸 한 칸 올라가며 못을 박았다. 도시 사람들이 살고 있다는 아파트와 비슷한 구조였다. 5층으로 지어지는 누에들의 아파트. 시렁의 층층마다 올려놓을 잠박들이 바로 누에들이 단체로 거주할 집이었다. 누에들의 학교 같기도 하고 군대 같기도 하고 고아원 같기도 한…….

"언제부터 누엘 쳤어요?"

"……니가 태어나기 전부터 쳤다."

"잠실을 짓기 전엔 어디에서 쳤어요?"

"방에서 쳤지, 어디서 쳐?"

"그럼 가족들은 잠을 어디서 잤어요?"

"정지바닥에 멍석 깔아놓고 잤지."

"……기억이 안 나는데."

"느들은 아마 고광에서 잤을 거다. 원두막에 비닐 쳐놓고 잤거나."

"생각이 안 나요."

"한 해는 아예 건넛마을 고모 집에 간 적도 있을 게다."

마당 오른편에 자리한 잠실은 건식이 초등학교 4학년 무렵 새로 지었다. 누에를 키우는 게 들인 시간에 비하면 꽤 짭짤한 수입이 된다고 엄마에게서 들었다. 하지만 건식은 어렸을 때라 누에의 겉모습만 단편적으로 보아왔다. 봄이 되면 으레 누에를 치는구나, 생각하는 정도였다. 엄마와 아버지가 뽕을 따는구나, 쓰레받기에 가득 담긴 병든 누에들을 닭장에 뿌려주면 닭들이 엄청 잘 먹는구나, 풀솜을 모두 제거한 고치를 자루들에 담아 팔고 온 날이면 다른 날과는 달리 맛있는 걸 먹는구나…… 이런 정도의 기억들이 전부였다. 엄마가 선 보증이 문제되지 않았더라면 올해도 그 정도의 기억에서 멈췄을 것이다. 누에치기는 엄마와 아버지의 봄날 부업일 뿐이었다. 건식에겐 차라리 뽕나무 가지에 줄줄이 매달린 오디를 따먹고 입술과 혀, 손가락이 벌겋고 까맣게 변한 기억이 더 많았다. 뽕나무에서 떨어지면 약도 없다는 어른들의 말이 더 기억에 남았다. 누에는 그저 매년 봄에 찾아와 한 달 반가량 머물다 가는 손님에 가까웠다. 그랬던 누에가…….

"아버지?"

"왜?"

"저는 어른이 되면 정말 술 안 마실 거예요."

"……왜?"

"……몸에 안 좋을 것 같아요."

아버지는 망치질을 멈추고 건식을 바라보더니 피식 웃었다.

"피는 못 속인다."

"피요?"

"……나도 누에가 되고 싶다."

일요일 아침 일찍 지게를 짊어지고 뒷산 골짜기 속으로 지게 작대기를 질질 끌며 걸어가던 건식의 입에서 저도 모르게 푸념이 쏟아졌다. 여러 정황으로 볼 때 월요일이 되어도 누에로 변해버린 식구들을 남겨놓고 학교에 갈 수는 없었다. 동생들은 그렇다 치고 엄마와 아버지가 잠박 속의 누에로 변해 있으니 집에서 일할 사람이 아무도 없다는 게 문제였다. 밭에 곡식을 심는 일은 다행히 끝마쳤지만 역시 문제는 누에였다. 소와 개 닭들이야 아침저녁으로 한 번씩 챙기면 되었지만 누에는 그렇지가 않았다. 우선 하루 세 번 뽕을 주어야 하고 또 누에들이 먹을 엄청나게 많은 뽕을 따야만 했다. 그 일을 하려면 학교에 가는 것은 꿈도 꿀 수 없는 일이었다. 그건 엄마 아버지의 일이라고, 공부하러 학교에 가는 게 내 일이라고 고집을 부려 학교에 간다 해도 마음이 편할 까닭이 없었다. 어떤 변명을 대더라도 네 마리의 누에로 변해 있는 가족들이 눈에 밟힐 게 분명했다. 연두색으로 물들어가는 봄날의 산골짜기를 터벅터벅 걸으며 건식은 한숨만 푹푹 토해냈다.

"……다시 사람으로 돌아올까?"

전날 식구들이 따놓은 뽕을 가지러 가는 아침 산길에서 건식은 새로운 걱정에 잠겼다. 누에로 변한 가족들이 언제 다시 사람으로 돌아올지는 아무도 모르는 일이었다. 하루가 걸릴지, 이틀이 걸릴지, 일주일이 걸릴지, 아니면 한 달이…… 영영 돌아오지 않을 수도 있었다. 영영? 설마…… 그럼 나 혼자 어떻게 살아…… 이제 겨우 중학교 3학년인데…….

"이걸 나더러 믿으라고? 꿈일 거야! 내 말이 맞지?"

건식은 깊은 산골짜기에 대고 소리를 질렀다. 그 소리에 찔레나무 덤불에 있던 장끼 한 마리가 퍼덕거리며 날아갔다. 먼 데서 고라니의 울음소리가 골짜기를 타고 내려왔다. 그러나 이내

정적이 찾아들었다. 밤새 짝을 찾아 울던 소쩍새도 지쳐 잠이 든 모양이었다. 아니면 짝을 찾아 어디론가 떠났거나.

골짜기의 계곡 옆 묵밭엔 버드나무와 산뽕나무가 우거져 있었다. 화전민들이 살다 떠난 곳이었다. 너럭바위와 그 가운데를 돌아나가는 물이 폭포가 되어 떨어지는 곳이 바로 엄마가 말한, 참을 먹고 낮잠을 청했던 장소였다. 건식은 두근거리는 마음을 억누른 채 조심조심 그곳으로 다가갔다. 우람한 산뽕나무 아래를 빠져나간 뒤 허리를 펴자 뽕잎을 가득 담아 불룩한, 커다란 자루가 보였다. 그 옆엔 참을 담았던 종다래끼가 놓여 있었다. 너럭바위 위에 있는 것은 그것뿐이었다. 리어카가 보이지 않았고 당연히 낮잠을 자는 가족들도 찾을 수 없었다. 바위에서 떨어지는 물소리만 가득했다. 지게를 벗어던진 건식은 너럭바위 위에서 사방을 둘러보았다.

"엄마—?"

메아리가 울렸다.

"예식아—?"

산비둘기가 울다 멈췄다.

아무도 건식이 부르는 소리에 화답하며 산에서 내려오지 않았다. 뽕이 담긴 자루와 종다래끼를 지게에 싣고 걸은 뒤 건식은 너럭바위에 주저앉았다. 온갖 고민들이 순서 없이 떠올랐다가 사라지기를 되풀이했다. 그러던 중에 리어카가 눈에 들어왔다. 폭포 아래, 나뭇가지들 사이로, 뽕 한 자루를 실은 채 부서져 있는 리어카가. 심장이 쿵쾅거렸다. 건식은 허겁지겁 산비탈을 에돌아 폭포 아래로 내려갔다.

"나도…… 누에가 되고 싶다."

물에 젖어 무거운 뽕 자루를 지게에 진 건식은 넘어지지 않으려 애를 썼다. 지게작대기에 의지를 했지만 다리는 계속해서 후들거렸다. 다행히, 리어카 주변에는, 아무도, 없었다. 그렇다면 정말 가족들은 너럭바위 위에 누워 잠을 자다가 누에로 변해버린 것일까. 잠을 자다 꿈속에서 누에로 변해 집으로 획 날아왔단 말인가. 나도 믿기지가 않는데 이 얘길 하면 대체 누가 믿겠는가. 모두 미쳤다고 할 게 틀림없다. 하지만…… 잠실의 그 누에 네 마리는 사람의 말을 하지 않는가. 엄마라고. 아버지라고. 하식이라고. 예식이라고. 사람들을 불러와 누에들이 하는 말을 들어보게 하는 수밖에 없다는 생각이 들었다. 그 방법밖에 없었다. 땀을 뻘뻘 흘리며 골짜기를 빠져나오니 저 아래 집이 보였다. 이전에 보던 집과 외양은 같았지만 전혀 다른 집처럼 보였다. 건식은 골짜기 아래에서 잠시 쉬고 다시 지게를 지려다가 무릎이 꺾여 뽕 자루를 실은 지게와 함께 앞으로 꼬꾸라졌다. 지게와 무거운 뽕 자루는 넘어졌는데도 불구하고 건식의 등에서 떠나지 않고 있었다.

"에이, 씨. 왜 나만 사람인 거야-!"

욕을 내뱉는 건식의 입에서 흙이 튀어나왔다.

"일부러 짠 거 아니야-?"

건식은 겨우, 간신히, 비틀거리며, 다시 지게를 지고 일어났다. 만약 월요일이어서 학교에 갔으면 1교시가 시작될 시간이었다. 그런데 지금 건식의 상태는 6교시나 7교시가 끝난 뒤인 것만 같았다. 오늘 하루가 얼마나 길지 짐작조차 되지 않았다. 뽕이고 누에고 뭐고 다 팽개쳐버리고 어디론가 도망치고 싶었지만 걸음은 갓난아기나 다름없었다.

잠실에 뽕잎 냄새가 진동했다. 누에들이 뽕잎을 갉아먹는 소리만 요란할 뿐 갓 뿌려준 뽕잎에 덮인 누에들의 모습은 보이지 않았다. 건식은 잠실의 통로에 베개를 베고 모로 누운 채 자장가처럼 들려오는 누에들의 합창에 귀를 기울였다. 아버지와 동생들은 뽕을 먹는지 보이지 않았고 엄마만 뽕잎 위로 나와 네개의 방에 나누어져 있는 누에들에게 뽕을 주느라 녹초가 된 건식을 애처롭다는 듯 바라보았다.

"힘들지?"

"……아냐."

"누에 때문에 공부도 못 하고. 조금만 견디면 모든 게 잘될 거야."

"엄마, 난 괜찮아. 근데…… 언제쯤 사람으로 되돌아올까?"

엄마는 고개를 쳐든 채 잠시 잠실의 천장만 바라보았다. 건식도 고개를 돌려 그곳을 바라보았다. 천장의 쥐 오줌은 세계전도를 보는 것 같았다.

"아마도…… 우리 가족을 시험하는 것 같다. 이 사태에 어떻게 대처하는가 보려고."

"누가요?"

"누구든."

이번엔 건식이 막막한 눈빛으로 천장의 세계전도에 시선을 매달아놓았다. 어디쯤이 한국인지 찾으려고 했지만 간단한 문제는 아니었다.

"당분간 우리 가족이 누에로 변했다는 걸 다른 사람들에게 얘기하지 마라."

"누가 찾아와 물으면 뭐라 얘기해요?"

"낮에 오면 산에 뽕 따러 갔다 그리고 밤에 오면 친척집에 일이 생겨 갔다고 해. 니가 그때그때 상황에 맞게 대답하면 될 게다."

"……왜요?"

"이건 우리 집안의 일이다. 남들이 알면 웃음거리밖에 안 돼."

납득이 가지 않는 건 아니었지만 또 어떤 면에선 고개를 갸웃거리게 만드는 말이었다. 하지만 건식은 내색하지 않았다. 비록 누에로 변하지 않아 혼자서 모든 집안일을 도맡아해야 하지만 누에로 변한 엄마 아버지의 위신을 생각하면 남들에게 쉽게 알릴 수 없는 일이었다. 이 사실이 동네에 알려지면 동물원 원숭이 구경 가듯 마을 사람들이 찾아올 게 틀림없었기에.

"엄마는 뽕을 안 먹어요?"

"배고프지 않다."

다른 누에들은 실로 맹렬하게 뽕잎을 갉아먹고 있었다. 배가 고프지 않다고 했지만 엄마의 얼굴과 몸은 많이 야위어 있었다.

"니가 며칠만 더 고생하면 된다. 며칠 뒤면 누에들이 먹기를 끝내고 고치를 지을 거야."

며칠 동안 혼자서 뽕을 따야 한다는 얘기였다. 꽉꽉 눌러 담아서 하루에 두 자루씩. 오전에 지게에 지고 내려온 가마니만 한 크기의 자루에다가.

"누에들에게 무슨 일이 생기거나 모르는 게 있음 꼭 내게 물어보고."

"……나도 누에가 되고 싶어요."

"말도 안 되는 소리 하지도 마라! 너마저 없음 누가 누에를 돌봐!"

아버지와 동생들이 뽕잎 줄기 사이로 모습을 드러냈다. 뽕을 얼마나 많이 먹었는지 살이 통통하게 올라 있었다. 건식은 화가 났다. 엄마의 뽕잎까지 모두 먹어버린 게 틀림없었다. 생각 같아선 엄마의 방을 따로 마련해 드리고 싶었지만 엄마가 그걸 수락할 리가 없었다. 사람이었을 때나, 누에가 되었을 때나 변함없이 희생을 하는 건 엄마밖에 없었다. 게다가 어느 누구도 엄마의 희생을 모른 척하는 것 같았다. 동생들이야 아직 어려서 모른다 하더라도 아버지는 좀 너무한다 싶었다. 자기의 아내가 아니란 말인가.

"너, 대낮에 왜 여기서 노닥거리고 있어. 소여물은 제때 챙겨 줬냐?"

아니나 다를까. 뽕잎을 다 먹은 아버지의 입에서 귀에 익숙한 말이 흘러나왔다.

"챙겨줬어요!"

건식은 엄마 누에를 오므린 왼손바닥에 올려놓고 잠실을 나왔다.

"엄마 데리고 어딜 가는 거야?"

10

옛날 옛날에, 그러니까 치악산 고갯길에서 구미호가 아리따운 여인으로 변해 밤길 가는 나그네를 홀리던 시절에 벌어진 누에들의 옛이야기야.[2]

임금님은 백성들에게 농업과 양잠을 권장하는 글을 내려 보냈지. '옛날 임금이 농사를 짓고 왕후가 누에 기르는 의식을 직접 행한 것은 백성들에게 모범을 보이려 한 것이다. 그 이후 들에는 밭을 가는 남자들이 넘쳐나고 집에서는 베를 짜는 여자들이 많아졌다. 이로 인해 곡식과 포백이 날로 쌓여가니 거룩한 일이 아니겠는가.' 즉 누에를 치는 일이 나라에서 중점적으

---

[2] 소설 곳곳에 들어가는 누에들의 옛이야기는 『조선시대 양잠업 연구』(남미혜, 2009)에 나오는 각각의 『조선왕조실록』에서 많은 부분을 취하였다.

로 육성했던 사업이었단 얘기야. 그런데,

아빠, 포백이 뭐죠?

아들은 누에처럼 고개를 처든 채 건식에게 물었다. 녀석의 눈동자도 누에처럼 동글동글했다. 나름 이해하기 쉽게 풀어서 얘기를 한다고 했는데 걸리고 말았다. 건식은 휴대폰으로 포백을 검색했다.

포백布帛은 베와 비단을 아울러 이르는 말이다. 베는 삼이라는 식물에서 나오는 거고 비단은 알다시피 누에고치에서 나오는 거다. 알겠어? 그러니까 임금이 이런 소리까지 하는 걸 보면 전국적으로 누에 기르는 일이 대단히 활발해졌다는 얘기겠지? 왜? 고소득을 올릴 수 있다는 걸 백성들이 알게 되었으니까. 그런데, 여기서 몇 가지 문제가 생기기 시작했어. 무슨 문제냐? 비단이 많이 생산되다 보니 중간에서 그걸 사서 되파는 일을 하는 사람들이 생겨나기 시작한 거야. 장사꾼들이 생겨났다는 얘기야. 그땐 상업을 말업末業이라 부르며 천시했는데 그게 아닌 거야. 농사보다 힘들지도 않고 수입도 만만찮거든. 더군다나 비단은 고가의 물품이다 보니 더 많은 이익을 챙길 수 있었던 거야. 그러니 나라에서는 고민이 깊어진 거지. 세금을 받을 수 있는 농민들이 점점 줄어드니까 말이야. 그땐 장사하는 사람들에겐 세금을 물리는 게 쉽지 않았던 모양이야.

하여튼 고가의 상품인 비단을 가지고 장사하는 사람들이 늘어났는데, 여기서 예상하지 못했던 두 번째 문제가 발생한 거야. 그 시대는 신분제 사회였는데 어떤 옷을 입느냐가 곧 신분을 알려주는 거였어. 신분에 따라서 각종 옷과 옷감, 옷감의 양, 옷의 색깔이 제한돼 있었거든. 그 사람이 어떤 옷을 입었는지 보면 즉시 그 사람의 신분을 알 수 있는 세상이었지. 그런데…… 사람들이 잘살게 되니까 슬슬 욕심이 나는 거야. 돈이 있는데 왜 입고 싶은 비단옷을 못 입느냐 이거지. 훔치는 것도 아니고 내 돈 주고 내 옷 해 입겠다는데 신분제가 웬말이냐, 이런 불평들이 하나둘 싹텄던 거지.

신분제가 뭔데요?

……신분제?

건식은 뜨끔했다. 막상 아들에게 설명을 하려고 생각하니 의외로 막막했다. 할 수 없이 또 휴대폰을 꺼내들고 검색을 해야만 했다. 이럴 땐 휴대폰이 정말 필요한 물건인 것 같았다. 어떨땐 족쇄 같았지만.

음…… 간단하게 말해서 그 사람의 계급이 무엇이냐, 또 양반이냐, 평민이냐, 상민이냐, 천민이냐…… 뭐 이런 걸로 이해하면 돼. 하여튼 신분에 따라서 입을 수 있는 옷과 옷감, 등등이 엄격하게 서로 달랐는데 백성들이 슬슬 반기를 든 거야. 불합리하고 납득할 수 없는 제도라 생각했거든.

아빠, 제가 생각하기에도 그래요! 그런데 이건 누에 이야기가 아니라 비단 이야기잖아요?

처음에 누에 한 마리가 없었으면 태어나지도 않을 이야기니까 다 누에 이야기의 연장이야. 하지 말까? (아들이 고개를 저었다.) 좋아. 하여튼 백성들의 불만이 고조됐고 능력만 되면 하나둘 비단옷을 지어 입기 시작했어. 옷만 지어 입는 게 아니라 좋아하는 색으로 염색까지 하는 거야. 게다가 비단의 종류가 여러 가지인데 당시엔 중국의 사라능단을 최고로 쳤어. 사라능단은 수입할 수 없도록 법으로 금지했는데도 불구하고 장사꾼들이 몰래 들여왔지. 들여오기만 하면 이익이 엄청났거든. 사실 지금도 그렇지만 옷에 대해선 남자들보다 여자들이 더 예민하잖아. 당시에도 그랬어.

아빠, 요즘엔 남자들도 옷에 굉장히 민감해요.

그래? 나도 남잔데?

우리 친구들 보면 웬만한 메이커 아니면 옷으로 취급도 안 해요.

말세다, 말세! 남자가 옷을 밝히다니.

아빠, 남자 여자를 구별하면 시대에 뒤떨어졌단 소리 들어요. 누에 이야기, 아니 비단 이야기나 계속 들려줘요.

건식은 아들과 함께 누에들이 집을 짓고 있는 잠실에서 베개를 베고 드러누운 채 천장을 바라보았다. 쥐가 오줌으로 그렸던 어린 시절의 세계전도는 천장 어디에도 없었다. 쉬지 않고 실을 토해내는 누에들은 조금씩 스스로의 모습을 지워가고 있었다. 누에로 변한 동생들과 엄마, 아버지의 목소리도 들려오지 않았다. 그 잠실에서 너무나 멀리 떨어져 있는 잠실이었다. 건식은 짧은 한숨을 내뱉고 다시 누에들의 옛이야기를 이어갔다.

바야흐로 비단의 시대가 열린 거야. 여자들은 비단에 화려한 물을 들였고 농가에서는 그 색을 조달하기 위해 곡식 대신 염료를 만들 수 있는 식물인 쪽을 더 많이 심을 정도였어. 나라에서 금지해도 소용이 없었지. 여자들은 쪽으로 물들인 초록빛 옷이 없으면 창피해서 여러 사람들이 모이는 자리에는 나가지도 않았대. 그뿐만이 아니야. 자식이 결혼을 하는데 신부 쪽에서 사라능단을 적게 가져왔다고 혼인을 파기할 정도였어. 혼인을 성사시키려면 신부 쪽에서는 비싼 값을 지불하는 한이 있더라도 밀무역하는 장사꾼들에게 사라능단을 가져오게 했고. 잘

사는 사람들부터 점점 사치에 물들기 시작한 거야. 심지어 양반집에서 잔치가 벌어지면 여자들은 하루에도 서너 번씩 휘황찬란한 비단옷을 갈아입으며 멋도 내면서 잘산다는 자랑질도 같이 한 거지. 지금도 그렇지만 그 옛날에도 패션의 중심지는 한양, 서울이었던 모양이야. 사람들은 궁궐에서, 그리고 서울에서 유행하는 거라면 뭐든지 따라하느라 바빴어. 지금 말로 하면 궁궐스타일! 서울스타일! 심지어는 치악산 고개고개에서 지나가는 나그네를 유혹하던 구미호도 서울스타일을 하고 있지 않으면 나그네들이 돌아보지도 않았대.

에이, 거짓말!

거짓말 아냐. 너라면 유행 지나간 지 한참 지난 촌스런 옷을 입고 있는 구미호에게 끌리겠냐?

……그건 아니지만.

구미호야말로 첨단 유행을 따라가야만 하룻밤에 한 명이라도 홀릴 수 있는 거야. 나그네들도 세상 보는 눈이 있을 거 아니냐.

아빠, 얘기가 엉뚱한 쪽으로 흘러가는 거 같지 않아?

뭐…… 그렇기도 하지만, 결론은 그 모든 덕분에 농촌에선 누에치기가 성황을 이뤘다는 거야. 집집마다 빈 공간만 있으면 무조건 누에를 쳤으니까.

밤이 깊었다. 건식은 옆에서 잠든 아들에게 담요를 덮어주고 잠실에서 나왔다. 아내는 불도 켜지 않은 거실에서 텔레비전을 보며 홀로 소주를 마시고 있었다. 안주는 마른오징어가 전부였다. 화장실에 들어갔다가 나온 건식은 거실에서 잠시 망설였다. 잠실로 다시 들어갈 것인가. 아니면 아내의 옆으로 갈 것인가. 아내는 건식을 돌아보지도 않고 중얼거렸다.

"소주 한잔 해."

"……누에는 술 냄새 싫어하거든."

"그럼 마시지 마."

상도 없이 술병 앞에 앉아 있는 아내의 구부러진 등을 건식은 물끄러미 바라보았다.

"……마시고 밖에서 자지 뭐."

건식은 아내 옆에 앉았다.

11

"고마워."

"뭐가?"

"너무 멀리 가지 말라고 말해 준 거?"

"내가? 언제?"

"엊그제 밤 차 몰고 나갔을 때."

"……그냥 한 말이야. 고마워할 것까진 없어."

"새벽까지 차를 몰고 다니는 동안 그 말이 계속 떠올랐어."

"상황이 바뀌었다면 당신도 내게 같은 말을 했을 거야. 우린…… 가족이잖아."

"왜 새 직장 알아보라고 채근하지 않아?"

"채근한다고 될 일이 아니잖아. 그보다…… 아, 아냐."

"응?"

건식은 망설임이 가득한 아내의 눈을 바라보았다. 아내는 건식의 시선을 피해 텔레비전 화면에 눈을 맞췄다.

"뭔데?"

"……쉬는 동안 누에와 얽힌 어떤 기억들을 잘 정리했으면 싶어."

"……그래."

"정리되면 내게 말해 줘야 돼."

자리에서 일어난 아내는 잠깐 비틀거리더니 안방으로 들어갔다. 대답도 듣지 않고. 건식은 닫힌 안방 문에서 시선을 떼지 않았다. 텔레비전에서 흘러나오는 빛과 나지막한 음악소리만 거실을 물들이고 있는 밤이었다. 닫힌 안방 문 앞으로 다가가 귀를 기울였다. 아내가 가느다랗게 코를 고는 소리가 들렸다. 건식은 문의 동그란 손잡이를 반 바퀴 돌렸다가 제자리로 갖다놓았다. 아내가 잠들어 있는 방에 들어가기가 왠지 꺼려졌다. 부담스럽다고 해야 하나. 그러고 보니 실직 이후 안방에 들어가 잠든 적이 없었다. 거실의 소파이거나 대부분 잠실로 만든 방에서 시간을 보냈다. 건식은 아내가 앉아서 술을 마셨던 자리로 돌아왔다. 소파에 등을 기댄 채 반쯤 누워 텔레비전 화면을 바라보았다. 졸음이 밀려왔다. 눈꺼풀이 무겁게 내려왔다가 다시 무겁게 올라가기를 되풀이했다. 심야의 음악방송은 끝났다. 다시 몇 차례 눈꺼풀이 내려왔다가 올라갔는데…… 텔레비전 화면은 온통 누에들로 가득했다. 건식은 꿈을 꾸고 있는 거라 여기며 누에들이 꿈틀거리는 화면을 나른한 눈길로 응시했다. 누에들은 일제히 머리를 쳐든 채 잠박 밖의 어딘가를 기웃거리고 있었다.

"……아빠?"

누에들 중 한 마리가 건식을 부르는 것 같았다. 건식은 어느 누에가 자신을 부르는지 찾으려고 눈을 찡그렸다.

"아빠, 무서워요."

하지만 많은 누에들 중 어느 누에가 아들의 목소리로 말을 건네는지 찾아내기란 쉽지 않았다. 아들은 울고 있는 것 같았다.

"……어디 있는 거야?"

건식은 화면 가까이 다가가 눈을 부릅떴다.

"아빠?"

꿈이었다. 눈을 뜨자 아들은 화면 속이 아닌 거실에 서서 눈물을 흘리고 있었다. 화면 속의 누에는 감쪽같이 사라진 뒤였다. 건식은 텔레비전에서 나온 것만 같은 아들을 멍하니 바라보았다. 다행히도 아들은 사람의 모습을 하고 있었다.

"……왜 우냐?"

"누에가…… 엄청 큰 누에가…… 나를 잡아먹으려고 했어요."

눈물을 흘리는 아들은 한 뼘쯤 문이 열린 어두운 잠실을 가리켰다. 그 안에서 금방이라도 괴물 누에가 방문을 무너뜨리며 나오기라도 하는 것처럼 떨고 있었다. 건식은 아들을 품에 안았다. 아들의 심장이 콩닥거리는 게 가슴으로 전해졌다.

"누에가 얼마나 컸는데?"

"공룡만 했어요."

아들은 어둠이 흘러나오는 잠실 문에서 눈을 떼지 않았다.

"자세히 말해 봐."

"……처음엔 손가락 만하던 누에가 계속 커지는 거예요. 눈에 보일 정도로 쑥쑥 커지더니 어느새 나보다 커졌어요. 그러고도 멈추지 않고 계속 커지는데 이번엔 아빠보다 더 커졌어요. 마침내 공룡만큼 커진 누에가 입을 쩍 벌리고 나한테로 슬금슬금 다가왔어요. 잡아먹으려고."

"누에는 뽕잎밖에 먹지 않는다고 했잖아."

"그렇게 말했더니 이젠 몸이 너무 커져서 뽕잎 갖곤 배가 부르지 않다고 했어요."

"누에가 네게 그렇게 말을 했다고?"

아들이 고개를 끄떡였다.

"누에가 어떻게 말을 하니. 꿈을 꾼 거야. 아빠도 옛날에 비슷한 꿈을 꾼 적이 있어."

"꿈이 아냐. 어마어마하게 큰 누에가 진짜 말을 했어요."

"……그 다음엔 어떻게 했는데?"

"무서워서 도망치려고 했는데…… 발이 바닥에 딱 붙은 것처럼 떨어지지 않았어요. 시커먼 누에 입속으로 막 빨려들려고 할 때 간신히 도망쳤어요."

"그래?"

"누에의 왕이었어요!"

건식은 자리에서 일어나 아들의 손을 잡고 잠실 앞으로 다가갔다. 조금 열린 문 너머의 잠실은 평소와 달리 유달리 캄캄한 편이었지만 개의치 않았다. 아들의 손이 떨리고 있었다. 건식은 문을 열고 손만 디밀어 불을 켰다.

"자…… 봐라."

"아빠, 봐요!"

아들이 건식의 몸 뒤로 숨었다. 불이 켜진 잠실엔 아들의 말대로 다른 누에들은 보이지 않고 잠실 전부를 다 차지하고 있는 거대한 누에 한 마리가 입을 벌린 채 엎드려 있었다. 누에가 잠실 밖으로 나오지 못하는 건 작은 문 때문이었다. 건식은 아들의 손을 잡은 채 뒷걸음질을 쳤다.

"제 말이 맞잖아요!"

"언제 저렇게 큰 거야!"

공룡처럼 커져 있었지만 다행히 누에는 그리 사나워 보이진 않았다. 건식과 아들은 거실에서 누에를 바라보고 누에는 잠실에서 두 사람을 바라보았다. 바깥의 소동에 잠이 깨었는지 안방에서 나온 아내까지 거실로 나왔다가 이내 화들짝 놀라 건식과 아들의 등 뒤에 숨었다. 세 식구의 눈이 한 마리 거대한 누에의 눈 앞에서 한동안 어쩔 줄 몰라 하고 있었다. 누에도 문밖의 세 사람을 그저 바라보기만 할 뿐이었다.

"당신이 데려온 누에잖아. 어떻게 좀 해봐."

"아빠, 배가 고픈 거 같아요."

아내와 아들이 옆구리와 등을 손가락으로 찔렀지만 건식의 머릿속엔 마땅한 대처 방법이 떠오르지 않았다. 손가락만 하던 누에가, 실을 토해내며 고치를 짓던 누에가 갑자기 커져버린 상황 앞에서 무엇을 해야 할지 감감할 뿐이었다. 누에가 직접 입을 열어 말하지 않는 이상 누에의 의중을 파악하기란 쉽지 않았다. 더군다나 덩치가 어마어마하게 커져버린 터라 집 밖으로 내보낼 수도 없었다. 집 밖은 고사하고 잠실 밖으로의 이동도 쉽지 않았다. 아들이 다시 건식의 옆구리를 찔렀다.

"아빠, 배가 고픈 게 맞아요. 아까 나한테 말했다니까요."

"말을 했다고?"

"했어요!"

건식은 누에 앞으로 딱 반걸음 다가갔다. 누에의 축구공만 한 눈동자가 건식을 따라 약간 움직였다. 누에의 눈동자가 선해 보인다는 것을 확인한 건식은 조심스럽게 입을 열었다.

"……배고프니?"

턱을 방바닥에 붙이고 있던 누에가 건식의 말에 힘겹게 머리를 들더니 천천히 끄덕거렸다. 그 의사표시에 건식의 머릿속이 복잡해졌다. 저렇게 거대한 누에가 먹을 뽕잎의 양은 엄청날 게 틀림없었기에. 한 자리에서 쌀 한 가마니만큼의 뽕을 먹어도 먹었다는 기별조차 없을 것 같았다. 건식은 한 걸음 더 다가가 다시 물었다. 물어볼 게 한두 가지가 아니었다.

"말을 할 줄 아니?"

누에는 고개를 저었다. 그렇다면 듣기만 한단 말인가.

"어떻게 하다 그렇게 덩치가 커졌지?"

누에는 힘이 다 떨어졌는지 다시 턱을 방바닥에 붙이고 힘없는 눈으로 세 사람을 바라보았다. 말하지 않아도 배가 고파 거의 아사 지경이란 걸 느낄 수 있었다.

"조금만 참아. 밖에 나가 뽕을 구해볼게."

감기려던 누에의 눈꺼풀이 간신히 올라갔다가 셔터처럼 스르르 내려왔다.

"누엘 돌보고 있어. 금방 다녀올 테니."

아내와 아들에게 누에를 부탁한 뒤 건식은 손전등과 낫을 들고 집 뒤편 야트막한 뒷산으로 올라갔다. 재래시장에서 누에를 샀을 때 다행히 뒷산의 뽕나무가 어디에 있는지 위치를 알아놓은 터였다. 누에가 다 컸기에 손으로 일일이 뽕잎을 딸 필요는 없었다. 건식은 뽕나무 가지를 낫으로 툭툭 잘라 한쪽에다 쌓았다. 왜 갑자기 누에가 커졌을까 생각하며. 땀을 뻘뻘 흘리며 손에 잡히는 뽕나무 가지를 모두 자르니 양이 제법 많았다. 건식은 뽕나무 가지를 노끈으로 묶을 새도 없이 가슴에 한아름 안고 집을 향해 내리막길을 뛰었다. 그 사이 공룡처럼 커버린 누에가 아사하지나 않았을까 걱정하며.

"아빠, 누에가 눈을 안 떠요!"

건식은 현관문을 닫지도 못한 채 뽕나무 가지를 누에의 입 앞에 들이밀었다. 방바닥에 주름 잡힌 턱을 붙인 채 죽은 듯이 눈을 감고 있던 누에의 눈꺼풀이 조금씩 올라갔다. 건식과 아내, 그리고 아들은 숨을 죽이고 있다가 누에가 첫 뽕잎을 갉아 먹기 시작하자 비로소 탄식을 뱉어냈다. 세 사람은 누가 먼저랄 것도 없이 현관 입구의 뽕나무 가지를 가져와 누에 앞에 쌓기 시작했다.

"배가 많이 고팠나 봐요."

아들이 중얼거렸다.

"걸신들린 거 같다."

아내의 첫 논평이었다.

"덩치가 있잖아."

건식은 흐뭇한 표정을 지었다.

누에는 마치 생선을 발라먹는 것 같았다. 뽕잎을 다 갉아먹은 뽕나무 가지는 살점 하나 남아 있지 않은 생선의 가시처럼 차곡차곡 쌓여갔다. 건식은 그 위에 새 뽕나무 가지를 계속 올려주었다. 한아름의 뽕나무 가지에 매달린 뽕잎은 정말이지 눈 깜박할 사이에 사라지는 것만 같았다.

"꺼억-!"

뽕잎을 모두 먹어치운 거대한 누에가 트림을 내뱉자 거실은 이내 뽕잎 냄새로 진동했다. 역하지 않아 그나마 다행이었다. 누에의 표정도 한결 밝아져 있었다. 눈에서 생기가 도는 게 느껴질 정도였다. 건식은 누에 가까이 다가가 쪼그리고 앉았다.

"……더 갖다 줄까?"

먹을 만큼 먹었다는 듯 누에는 고개를 젓고 난 뒤 얼굴을 이리저리 돌리며 주변을 두리번거리기 시작했다. 그래봤자 덩치가 너무 커서 좁은 잠실에서 움직이기조차 버거운데도 불구하고. 마치 줄에 묶인 개가 똥 누울 자리를 찾아 맴도는 것만 같았다. 누에가 왜 그러는지 몰라 의아해 하던 건식은 잠시 뒤에야 그 의도를 눈치 채고 고개를 끄떡였다. 아니나 다를까. 머리를 이리저리 돌리는 누에의 입에서 가느다란 실이 술술 흘러나왔다. 희고 가느다란 실이.

"고치를 지으려는 거야!"

"이렇게 큰 누에가요?"

아들의 입이 벌어졌다.

"고치가 엄청 크겠네!"

아내도 거들었다.

"우리 식구가 평생 옷을 지어 입어도 남을 비단이 생길 거야."

웃는 건식의 입꼬리가 귀에 걸렸다.

12

"드세요."

정지로 들어온 건식은 운두가 낮은 싸리나무 소쿠리에 엄마 누에를 올려놓고 싱싱한 뽕잎을 듬뿍 뿌려주었다. 엄마는 영문을 모르겠다는 표정이었다. 잠실에서 엄마 누에만 손바닥에 올려놓고 나올 때부터.

"……이게 뭐하는 짓이냐?"

"잠실에 있음 배고파도 뽕잎을 잘 안 드시잖아요. 혼자 있을 때 빨리 드세요."

"……배 안 고파."

"얼굴이 엄청 홀쭉해졌단 말이에요! 거울 갖다 드릴까요?"

"알았다, 알았어!"

"모자라면 얘기하세요."

부뚜막 위에 소쿠리를 올려놓고 건식도 아궁이 앞에 밥상을 놓고 앉아 점심을 먹었다. 건식이 냄비에다 직접 지은 밥이었는데 불 조절을 잘못해 밑은 타고 위는 거의 생쌀이나 다름없었다. 쌀이라고 했지만 사실은 보리쌀이 대부분인 잡곡밥이었다. 그 밥을 주걱으로 골고루 섞었지만 입 속의 간사한 혀와 어금니는 삼층밥의 각 부위를 정확하게 구별해 내고 있었다.

"……국도 없이 맨밥을 먹는구나. 닭장에 알이 많을 텐데 계란프라이라도 해서 먹지."

뽕잎을 먹던 엄마가 소쿠리 너머로 얼굴을 내민 채 초라한 밥상을 훑어보았다. 반찬은 총각김치와 고추장이 전부였다. 건식은 총각김치를 우적우적 씹으며 대꾸했다.

"저녁에 해 먹을게요."

다행히 엄마는 삼층밥을 지은 건 눈치 채지 못했다. 건식은 일부러 밥에 고추장을 비벼 숟가락에 잔뜩 퍼 담아 입에 넣었다. 볼이 불룩 튀어나오도록.

"체하겠다. 천천히 먹어."

"빨리 먹고 뽕 따러 가야 돼요. 참, 어디로 가는 게 좋아요?"

"너머골 마가리 뽕이 많아 자랐을 거야. 거기 돌배나무 알지?"

건식은 고개를 끄떡였다. 그 돌배나무에 올라가 나뭇가지를 흔들어 돌배를 떨어뜨린 적도 많았다. 돌배나무 아래에는 자그마한 늪이 있는데 아주 자그마한 조개 같은 산골이 많아서 진흙을 파헤쳐 찾은 적도 여러 번이었다. 산골은 뼈가 부러진 사람이 먹으면 뼈가 잘 붙는다고 소문이 나 있었다. 그렇게 찾아낸 산골을 몇 번 먹어봤는데 역시나 아무 맛도 없었다. 그냥 약일 뿐이었다. 그 돌배나무 주변에 산뽕나무가 많다는 건 처음 듣는 얘기였다. 하기야 관심이 없으면 아무리 옆에 가까이 있어도 모르는 법이었다.

"학교 못 가서 서운하지 않아?"

"오늘은 학교 안 가는 일요일이야!"

"그래? 누에로 변하니 이젠 시간 가는 거도 잘 모르겠다."

"뽕 더 드세요."

건식은 뽕 한 줌을 소쿠리에 뿌렸다. 뽕잎 아래에서 엄마가 소리쳤다.

"아냐, 아냐! 이제 배부르니 니 동생들 갖다 줘."

"엄마, 걔들은 더 먹으면 배 터져요!"

"누에가 뽕잎 먹고 배 터져 죽었다는 소린 첨 듣는다!"

건식과 누에로 변한 엄마는 아궁이 앞과 부뚜막 위에서 한참을 웃었다. 그 소리를 듣고 정지 옆 외양간에 있던 소가 화답하듯 길게 울었고 외양간 옆 닭장의 암탉이 때맞춰 알을 낳았는지 요란하게 울며 위세를 떨었다. 마지막으로 대문 옆 삽사리가 영문도 모른 채 컹컹 짖었다. 잠실에 있는 아버지와 두 동생들은 아마 궁금해서 잠박 밖으로 목을 길게 내민 채 밖으로 나간 엄마가 빨리 돌아오기만을 기다릴 게 틀림없었다.

건식은 손바닥에 엄마 누에를 다시 조심스럽게 올려놓고 잠실로 향했다. 엄마 누에는 잠실에서 나올 때와 달리 통통하게 살이 올라 있었다.

누에들은 무럭무럭 자라났다. 뽕잎을 따는 일이 엄마의 하루 일과 중 대부분을 차지했다. 미처 양을 채우지 못하면 아버지가 밭일이 끝난 저물 무렵 산으로 가 산뽕나무를 가지째 잘라 지게 가득 싣고 돌아왔다. 정지에 깔아놓은 멍석 위에 앉아 그 뽕나무 가지에 매달린 뽕잎들을 따는 건 건식과 동생들 몫이었다. 뽕잎을 따는 것도 요령이 필요했다. 그냥 잡아당기면 가지의 질긴 껍질이 함께 벗겨지기 때문에 끊어내기가 쉽지 않았다. 뽕잎의 목을 뚝, 소리 나게 꺾어야 하는 게 중요한데 손재주가 야무져야 하는 일이었다. 막내 하식이는 아예 가위를 들고 뽕잎의 목을 잘랐다. 반면 예식이는 여자여서 그런지 맨손으로 톡, 톡, 잘도 땄다. 그렇게 한 바구니 가득 뽕잎이 쌓이면 엄마가 뽕칼로 썩썩 썰어서 누에들이 있는 잠실로 가져갔다. 밤을 새워 뽕을 따도 누에들의 배를 채우기란 쉽지 않을 것 같았다.

"사람보다 훨씬 많이 먹는 걸 보니 돼지를 닮았나봐."

"마릿수가 많아서 그렇지 사람보다 훨씬 적게 먹어. 그리고 누에가 어떻게 돼지랑 닮았냐!"

하식이의 투정에 예식이가 대꾸를 했다. 둘의 손가락은 연둣빛으로 물들어 있었다. 아직도 따야 할 뽕이 산더미처럼 남아 있었다. 마치 뽕과의 전쟁을 치르는 것 같았다. 엄마는 누에들에게 뽕을 주느라 바빴고 아버지도 정지 한쪽에서 잠박을 만드느라 분주했다. 건식은 중간고사 시험공부를 밀쳐놓고 뽕 따는 일과 아버지가 잠박 만드는 일을 번갈아 거들었다. 식구들 모두 여태 저녁도 먹지 않은 상태였다. 누에들에게 뽕을 주는 일이 끝나야 가족들의 저녁식사 시간이 돌아올 터였다. 아니나 다를까. 하식이가 소리쳤다.

"배고파!"

"참아. 너만 배고프냐!"

"점심도 조금밖에 못 먹었단 말이야."

"너는 조금 늦게 먹어도 상관없지만 누에들은 제때 뽕잎을 먹어야만 나중에 좋은 고치를 지을 수 있단 말이야."

"나는 누에만도 못한 인생이야!"

"인생? 너, 인생이 뭔지 알아?"

건식이 끼어들었다.

"알아. 인생은…… 인생은- 나그네길- 어어디서 왔다가- 어디로 가는가-."

"야, 그건 노래 가사잖아!"

건식과 예식이가 동시에 소리쳤다. 하식이는 아랑곳하지 않고 최희준의 '하숙생'을 불렀다. 이제 초등학교 3학년이었지만 눈을 지그시 감은 채 노래를 부르는 얼굴만은 인생을 여러 번 살아본 것처럼 노숙하기 이를 데 없었다. 잠박을 만들던 아버지가 따라 부르자 건식도 나지막한 소리로 노래를 따라했다. 예식이는 손뼉을 치며 박자를 맞췄고. 누에들에게 뽕을 주고 정지로 들어온 엄마는 잠시 어리둥절한 얼굴이더니 이내 박꽃처럼 환해졌다.

"이번엔 예식이가 한번 불러봐라."

낮 동안 소를 부려 감자 심을 뒷밭을 갈았다는 아버지는 하식이의 노래에 피곤이 풀렸다며 한바탕 웃고 난 뒤 예식이를 지목했다. 예식이의 얼굴이 금세 발개졌다. 건식이 등을 두드려주자 고개를 끄덕이곤 곡목을 고르느라 잠시 망설였다.

"누나, 그 노래 불러!"

"무슨 노래?"

"낮에 뽕 따면서 불렀던 노래!"

"그거…… 어려워."

엄마는 부뚜막에 걸어놓은 솥에 쌀을 안치고 아버지는 엄마가 가져다준 막걸리 한 대접을 단번에 들이켜고 다시 잠박을 엮었다. 아궁이에 마른 솔가지가 들어가자 불은 화르르 피어올랐고 알불을 담은 화로 위에 올려놓은 냄비에선 구수한 된장냄새가 흘러나와 군침을 돌게 만들었다. 하식이의 채근을 몇 차례 더 듣고서야 예식이는 앉은 채로 뽕잎들이 매달린 뽕나무 가지에서 뽕을 따며 노래를 시작했다. '남쪽나라 바다 멀리 물새가 날면 / 뒷동산에 동백꽃도 곱게 피는데 / 뽕을 따던 아가씨들 서울로 가네 / 정든 사람 정든 고향 잊었단 말인가' 예식이의 노래는 초등학생답지 않게 애잔했다. 건식은 노래를 부르는 예식이가 자신보다 나이가 한참 많은 누나처럼 느껴져 깜짝 놀랐다. 아버지도 흥이 나는지 엄마에게 빈 막걸리 대접을 내밀었다. 한 대접 더 달라는 뜻이었다. 엄마는 아버지 몰래 예식이에게 눈을 흘겼다. 그것을 눈치 챈 예식이의 목소리가 한풀 가라앉았지만 오히려 더 구슬퍼졌다. 예식이는 2절까지 모두 부른 뒤에 노래를 끝마쳤다. 아버지와 하식이가 소리치며 박수를 쳤고 보꾹의 거미줄에 매달려 있던 왕거미가 그 소리에 화들짝 놀라 재빨리 숨는 저녁이었다. 예식이의 얼굴은 발갛게 상기돼 있었다.

"아직 어린애가 무슨 노랠 그리 청승맞게 부르냐."

"노랜 그렇게 불러야 맛이 있지!"

아버지가 예식이를 두둔했다.

"앞으론 어른들 노래 부르지 마라. 애들은 애들 노랠 불러야지."

"엄마, 애들 노랜 재미가 없어요!"

하식이가 툴툴거렸다. 예식인 고개를 숙인 채 뽕만 땄다.

"나중에 어른 돼서 불러도 안 늦어."

"집에서 부르는 건데 뭐 어때. 애들 배고플 텐데 빨리 밥상이나 차려."

"미처 밥이 돼야 차리지요."

다섯 식구는 방으로 들어가지 않고 정지의 아궁이 앞에 깔아놓은 멍석 위에서 저녁을 먹었다. 부뚜막에 올려놓은 남포등이 등을 구부린 채 저녁을 먹는 다섯 식구의 밥상을 비춰줬다. 보꾹에 숨어 있던 왕거미가 줄을 타고 다시 슬슬 내려오고 있었다. 누구보다 먼저 밥그릇을 다 비운 하식이가 가마솥 근처로 내려오는 왕거미를 발견하곤 재빨리 외쳤다.

"내려오면 사람이고, 올라가면 귀신이다!"

왕거미는 그 소리를 듣기라도 한 듯 깜짝 놀라 잠시 어쩔 줄 몰라 하며 망설이는 밤이었다.

돌배나무는 자그마한 돌배를 줄줄이 매달고 있었다. 아직 익지도 않았는데 바람에 떨어진 돌배도 더러 있었다. 돌배를 바라보기만 했는데도 입속으로 시큼한 침이 가득 고였다. 돌배나무 아래의 늪은 물이 마른 채 풀만 무성했다. 누가 진흙을 퍼내 산골을 찾은 흔적도 없었다. 예전만큼 산골이 나오지 않는다는 얘기를 들은 것도 같았다. 건식은 돌배나무 그늘에 앉아 땀을 식혔다. 집에서 돌배나무까지 지게를 지고 빠른 걸음으로 왔는데도 삼십여 분은 걸렸다. 다행히 건식보다 먼저 와서 뽕을 따간 사람도, 뽕을 따는 사람도 없었다. 돌배나무 주변의 산뽕나무들엔 붉고 검은 오디들이 보석처럼 햇살에 반짝이고 있었다.

"가지째 잘라라. 니 혼자 이 많은 누에가 먹을 뽕을 따려면 세월일 테니."

"다른 사람들이 뭐라고 하면 어떡해요?"

"지금은 비상시국이야. 그리고 걱정 안 해도 돼. 누에들이 곧 고치 지을 때니까 뭐라 할 사람도 없다. 산뽕나무에 임자가 있는 것도 아니고."

"얼마만큼 따야 돼요?"

"내가 지게에 바소구리 얹어 꼴 베어올 때 봤지. 뽕나무 가지 덩치가 그 정도는 나와야 누엘 하루 먹일 수 있을 게다. 무겁진 않을 거야."

건식은 지게작대기에 기대놓은 빈 지게를 바라보며 누에로 변한 아버지의 말을 떠올렸다. 한숨이 절로 나왔다. 하지만 마냥 한숨만 쉬고 있을 순 없었다. 주루목에 넣어온 주먹밥 한 덩이를 서둘러 삼킨 건식은 낫을 들고 꽤 큰 뽕나무 위로 올라갔다. 뽕나무 줄기는 위로 올라갈수록 당연히 가늘어졌고 건식의 몸무게가 실리자 휘청거렸다. 게다가 잠잠하던 골짜기에 바람까지 슬슬 불어오기 시작했다. 건식은 떨어지지 않으려고 한 손으론 뽕나무 줄기를 잡고 낫을 쥔 다른 손은 잘라낼 가지를 향해 조심스럽게 다가갔다. 하필 계곡의 낭떠러지 옆에 뽕나무들이 자리잡고 있어서 까딱 잘못하면 계곡 아래로 처박힐 위험이 다분했기에 가지를 밟은 두 다리가 후들후들 춤을 췄다. 뽕이고 뭐고 다 때려치우고 집으로 돌아가고 싶었지만 건식만 바라보는 누에들을 생각하니 차마 그럴 수는 없었다. 특히 사람이었다가 누에로 변한 가족들을 떠올리니…….

13

자그마한 잠실에 자리를 잡은 거대한 누에는 실을 뽑아내는 일을 멈추지 않았다. 처음에는 마치 거미줄을 치는 것만 같았는데 시간이 흐르자 모양이 나오기 시작했다. 그러니까 처음에 친 거미줄 같은 것은 일종의 거푸집이었다. 그 거푸집을 토대로 안쪽에서 둥글게, 둥글게 실을 뽑아 자신이 거처할 집을 짓고 있었다. 또 처음에 얼기설기 친 것은 고치를 지을 동안 천적의 공격을 막아내는 데에도 무척 용이해 보였다. 그렇게 누에는 자신을 가운데에 놓고 입에서 토해내는 하얀 실로 집을 짓는 중이었다. 한 달 가량 뽕잎만 먹고서 만든 가느다란 실로 집을 짓다니…… 건식은 잠실 입구에서 베개를 베고 모로 누워 거대한 누에가 짓고 있는 집에서 눈을 떼지 않았다. 누에의 모습은 촘촘해지는 실의 장막 너머에서 점점 지워져가고 있었다. 함께 지켜보던 아내와 아이는 거실에서 한 이불을 덮은 채 잠들어 있었다. 건식은 자신도 모르게 조금씩 내려가는 눈꺼풀을 힘겹게 들어올렸다. 마치 누군가를 끝까지 기다리려는 듯이. 아니, 잠들지 않고 있다가 누군가를 마지막으로 배웅하려는 듯이.

"……왜 잠을 자지 않는 거야?"

건식은 자리에서 일어나 주변을 두리번거렸다. 아내와 아들은 번갈아 코를 골고 있었다. 건식은 잠실의 누에를 바라보았다. 누에는 고개를 끄덕거렸다.

"맞아. 내가 물은 거야."

"……네가 어떤 고치를 지을지 궁금해서. 너처럼 큰 누에는 처음 보거든."

"내가 사람 말을 하는 게 놀랍지 않은 모양이네?"

"……오래전에도 이런 일이 있었어."

건식은 자세를 바꿔 잠실 앞에서 스님처럼 가부좌를 틀고 앉아 고치 짓는 누에를 바라보았다. 어쩌면 고치가 궁금한 게 아니라 누에의 말을 기다린 것인지도 모른다는 생각을 하며. 누에는 마치 다 알고 있다는 듯 고개를 주억거리며 입에서 실을 토해냈다. 처음 토해낸 실에서 한 번도 끊어지지 않는 실을. 거대한 누에가 실을 모두 토해내면, 그래서 고치가 완성되면 그 길이는 대체 얼마나 될까. 초록의 뽕잎이 누에의 몸속으로 들어가 가느다랗고 하얀 실로 변한다는 게 새삼 믿기지 않았다. 누에는 마치 살아 있는 제사製絲 공장 같았다. 아마 악덕 공장장이 있었다면 입으로 토해내는 실을 곧바로 실패를 이용해 감아버릴 거란 생각도 들었다. 수만, 수억 마리의 누에들이 실을 토해내고 그 앞에서 빙글빙글 돌아가는 실패들…… 엄마, 아버지, 동생들은 아직도 그런 실 만드는 공장에 갇혀 있는 것은 아닐까. 아직까지도…….

"그렇진 않아."

"……무슨 소리야?"

"아직도 누에로 살고 있는 건 아니라고."

"……네가 그걸 어떻게 알아? 내 생각을 읽은 거야?"

누에는 고개를 끄덕였다. 허공에서 하늘거리는 리본처럼 실을 토해내며.

"그럼 우리 가족들은 지금 어디에 있는데?"

"거기까진 모르는데 하여튼 누에로 살고 있진 않아. 너도 알다시피 누에는 그렇게 오래 살지 못하잖아. 길어야 두 달이지."

　그러고 보니 그랬다. 건식은 마치 중학생이었던 시절로 돌아
간 것만 같아 주변을 두리번거리고 자신의 몸을 훑어보았다.
당연히 아무것도 변한 것은 없었다. 아내와 아들은 거실에서
잠들어 있었고 자신은 어른의 몸으로 가부좌를 틀고 앉은 채
였다. 그런데도 왠지 그 시절로 되돌아갔다는 느낌을 지울 수

없었다.

"니가 우리 가족들 얘길 어떻게 알지?"

"사람이 누에로 변했잖아. 누에들 세계에선 유명한 얘기야."

"왜 갑자기 누에로 변했는지 알아?"

"그건 누에 때문이 아니라 사람의 일 때문에 벌어진 거 같은데. 네가 더 잘 알지 않아?"

"……잘 모르겠어."

"하기야 수수께끼 같은 일이긴 하지."

다시 떠올려도 거대한 수수께끼 같은 사건이었다.

건식은 변해가는 잠실 풍경에서 눈을 떼지 않았다. 스스로 토해낸 실의 그물망 속으로 자취를 감춰가는 누에는 이제 희미한 머리밖에 보이지 않았다. 대신 마치 안개 속 같은 곳에 둥그런 고치 한 채가 모습을 드러내고 있었다. 밖에서 안으로 원을 그리며 돌아가는 실. 시간이 흐르면 누에는 완벽하게 자신의 몸뚱이를 고치 속에 감출 것이다. 실을 다 토해냈기 때문에 몸뚱이는 쪼그라들어 번데기로 변할 것이다. 그리고 다시 잠들 것이다. 날개 달린 누에나방이 되기 위한 잠이었다. 그 잠에서 깨어나면 고치를 뚫고 나와 교미를 하고 알을 낳으면 끝이었다. 알에서 깨어나 대략 45일의 삶을 살다 가는 것이다. 45일의 삶.

건식으로선 납득하기 힘든 삶이었다. 누에로 변한 엄마와 아버지, 동생들도 결국 그 삶에서 벗어나지 못했다. 건식만 남겨놓고 그렇게 모두 떠나버렸다.

"넌 어쩌다가 그렇게 몸뚱이가 커졌냐? 가만…… 너도 전에 사람이었어?"

"기억이 없는 걸 보니 사람은 아니었어. 그냥 막잠에서 깨어났더니 이렇게 변해 있는 거야. 배는 엄청 고프고."

"그러면 어떻게 사람 말을 하는 거지?"

"실은…… 나도 그걸 잘 모르겠어. 네게 무슨 말을 전하라는 누군가의 부탁이 머릿속에서 어렴풋이 맴돌긴 하는데 잘 떠오르지가 않아."

"그게 뭔데?"

건식은 무릎걸음으로 누에에게 다가가려 했지만 겹겹이 쳐진 실 때문에 더 이상의 접근은 불가능했다. 그물망 너머에서 누에의 목소리가 건너왔다.

"……가족들이 모두 누에로 변해버려 힘들었겠네?"

"……뭐, 조금."

"그래도 지금껏 잘 살아온 걸 보니 대단해."

"……잘 살아온 건지는 모르겠어."

건식은 고개를 떨어트렸다. 눈 주변이 뜨거워지고 방울방울 솟아난 눈물이 방바닥으로 뚝뚝 떨어졌다. 그곳에서 여기까지 참 먼 길을 걸어온 것만 같았다.

"아마…… 힘내라는 말을 전하라고 나를 이리로 보낸 거 같아."

"누가?"

거대한 누에의 모습은 이제 보이지 않았다. 대신 그 누에를 감싸 안은 커다란 고치가 제 모습을 드러냈다. 건식이 지금까지 본 고치 중에 가장 큰, 희고 둥근 고치였다. 건식은 눈물이 멈추지 않는 눈으로 그 고치를 바라보다가 스르르 누워 잠들었다. 꿈속에서도 건식은 누에로 변한 가족들이 보이지 않아 섭섭함을 이기지 못하고 계속 눈물을 흘렸는데 그 꿈의 끝자락에서 선물 하나를 받았다.

아름다운 비단 한 필을. 그러나 눈물은 그치지 않았다. 눈물에 통곡까지 겹쳐서 꿈을 적시고 또 적셨다.

14

이것은 슬픈 이야기다.

15

　뽕 도마에 뽕잎을 올려놓고 칼로 뽕잎을 썰던 엄마가 입을 열었다.

　옛날 옛날에, 궁궐에서는 누에를 둘러싸고 큰 다툼이 벌어졌단다. 누에가 다툼의 직접적인 원인이었던 건 아니지만 매개가 되었던 거지. 그 당시 궁궐은 남쪽사람들과 서쪽사람들이 서로 경쟁을 하고 있었는데 두 차례의 큰 난리를 겪은 후라 어떻게 하면 피폐해진 나라를 다시 살릴 수 있을까 모두들 고민하고 있었지. 그러던 중 남쪽사람들의 수장격인 신하가 임금님께 상소를 올렸어. 뭐라고 올렸겠냐?

　누에를 키우자고요.

예식이가 엄마에게 대답했다.

맞다! 그 신하는 난리로 살 길이 막막해진 백성들을 살리려면 농사만 짓지 말고 옛날처럼 누에 기르는 일을 장려해야 한다고 주장한 거야. 임금님도 그 주장이 옳다고 여겼지. 그래서 그 신하의 말대로 궁궐에서 직접 모범 보이는 의식을 거행해야 한다는 것에 찬성했어. 임금님도 하늘에 누에농사가 잘되게 해 달라고 제사를 지내고 왕비도 직접 누에 기르는 시범을 보이는 거지. 그래야만 백성들도 적극적으로 밭에 뽕나무를 심고 거기에서 딴 뽕잎으로 누에를 칠 게 아니겠냐.

예전에도 그렇게 하지 않았어요?

똑똑한 예식이가 다시 물었다.

맞아. 그런데 오랜 난리 때문에 뽕나무들이 대부분 훼손돼 버린 거야. 북쪽에서는 오랑캐가 쳐들어왔고 남쪽 바다 건너에선 왜놈들이 쳐들어왔거든. 그놈들은 사람만 죽인 게 아니라 모든 걸 쑥대밭으로 만들어버렸어. 임금님과 신하들은 실의에 빠진 백성들에게 어떻게든 다시 살아갈 수 있는 희망을 불어넣어줘야 했어.

그런데…… 왕비가 직접 누에 기르는 시범을 보이는 데서 일이 터져버린 거야.

엄마, 남쪽사람들과 서쪽사람들 사이에 당쟁이 벌어진 거죠?

우리 예식이는 아는 게 많네. 맞아 무시무시한 당쟁이 벌어졌다.

책에서 읽었어요.

당쟁이 뭔데요?

막내 하식이가 엄마에게 물었다.

쉽게 말해서 남쪽사람들과 서쪽사람들이 서로 힘겨루기하는 걸 당쟁이라고 해.

뽕나무 심고 누에를 기르자는데 왜 힘겨루기를 해요?

그러게 말이다. 그 사람들한텐 백성들의 행복보다 그게 중요했던 모양이야.

백성들을 행복하게 해주는 것보다 자기들 욕심이 많아서 그런 거야.

예식이가 간단하게 정리를 내렸다.

하여튼 간에 왕비가 누에 기르는 시범을 친잠례라고 하는데 그 일을 둘러싸고 싸움이 시작된 거야. 궁궐은 옛날부터 무슨 일을 하든 가리고 따지는 게 많은 곳이야. 친잠례도 마찬가진데 왕비만 시범을 보이는 게 아니라 의무적으로 후궁도 참석을 해야 하는 거였어. 그런데 마침 임금님에게 후궁이 없었던 거야. 일이 그렇게 되려고 그런 것은 아니겠지만 당시 임금님은 남쪽사람들 중의 어느 집 딸을 마음에 두고 있었어. 친잠례를 하게 되면 그 딸이 후궁이 되는 건 누구나 인정하는 사실이었고. 그러자 서쪽사람들이 들고 일어난 거지. 남쪽사람들이 친잠례를 핑계로 정권을 잡으려 한다고 야단법석을 떨었던 거야. 딸이 후궁이 되면 아무래도 벼슬아치인 그 아버지는 더 많은 힘을 갖게 되겠지. 임금님의 장인이 되는 거니까. 그러니까 야단법석 정도가 아니라 궁궐에 피비린내가 진동하기 시작했던 거야.

엄마, 후궁이 뭐예요?

하식이가 엄마의 말을 잘랐다.

……임금님의 진짜 아내 말고 두 번째 아내를 후궁이라고 해.

아내가 둘이라고?

이 바보야, 아내가 열 명이 넘었던 임금님도 많아. 엄마, 그래서 어떻게 됐어요?

결국 침잠례를 하자는 것은 불순한 의도가 섞여 있다고 결론이 나버렸어. 친잠례를 주장했던 신하들 중 두 사람은 사약을 받아 마신 뒤 이 세상과 작별했고 또 한 사람은 멀고 먼 변방으로 유배 가야만 했던 거야.

사약 마시고 죽었다고요? 사약이 독약이죠?

응.

아까 누에를 길러서 난리로 살길이 막막해진 백성들을 행복하게 해주려고 했던 거라면서요?

맞아. 그런데 결과는 엉뚱하게 나버린 거야.

……무서워요.

사약이 담긴 그릇이 앞에 놓이기라도 한 듯 하식이가 몸을 부르르 떨었다. 잠박에 가득한 누에들은 그러거나 말거나 뽕잎을 갉아먹느라 바쁘고.

엄마, 유배 간 사람은 어떻게 되었어요?

엄마가 썰어놓은 뽕잎을 누에들에게 뿌려주며 예식이가 물었다.

……글쎄다. 어느 산골짜기 마가리에서 뽕나무를 심고 누에를 치지 않았을까. 우리처럼.

엄마, 이거 진짜 있었던 일이야, 지어낸 이야기야?

……글쎄다.

혹시 우리 조상들 얘기 아냐?

엄마는 뽕을 썰던 칼을 잠시 놓고 하식이의 머리를 쓰다듬어주었다. 앉은뱅이책상 앞에 앉아 숙제를 하던 건식과 뽕을 주던 예식이는 슬며시 미소만 지었다.

16

저녁설거지를 마친 건식은 녹초가 되어 정지에 깔아놓은 멍
석 위에 벌러덩 누웠다.

오늘 하루가 지금까지 살아온 날들보다 더 길게 느껴졌다.
온몸에 멍이 든 것처럼 조금이라도 움직이면 쑤시지 않은 데가
없었다. 배가 등가죽에 달라붙은 듯 허기가 밀려왔지만 손가락
하나 움직이기 싫었다. 일요일에 이어 이틀째 산골짜기에 들어
가 뽕을 땄고 오후 세 시에 돌아오자마자 땀도 식히지 못한 채
하루 세 끼 꼬박꼬박 챙겨먹는 누에들에게 뽕을 줬다. 라면 한
그릇 끓여먹고 낮잠을 청하려 했지만 아버지 누에는 외양간의
쇠똥을 치울 때가 지났다고 넌지시 알려줬다. 외양간으로 가보

니 과연 가관도 아니었다. 소 한 마리의 배설량이 어마어마했다. 거기에다 뒷발로 자신의 똥을 외양간에 깔아준 풀과 함께 밟고 짓이겨놓아서 쇠스랑으로 내리찍어도 잘 떨어지지 않는 찰떡 중의 찰떡이었다. 콧속을 후비고 들어오는 쇠똥 냄새에 머리가 어지러울 지경인데도 건식은 쇠스랑으로 쇠똥을 파서 외양간 밖으로 퍼내느라 진땀을 흘렸다. 허리가 부러지지 않은 게 그나마 다행이라면 다행이었다. 쇠똥 치우기는 아버지가 하던 일이어서 그동안 지나가다 구경만 한 게 고작이었는데 막상 직접 해보니 보통 일이 아니었다. 생각 같아선 소에게 변소를 하나 지어주고 싶을 정도였다. 소가 똥오줌을 가리기만 한다면. 하지만 그러질 못하니 결국 외양간에서 잠도 자고 여물도 먹고 똥과 오줌을 누기도 하는 거였다. 소에 비하면 닭들과 개에게 먹이를 주는 건 일도 아니었다. 하여튼 가축들 저녁설거지를 모두 끝낸 건식은 힘도 없고 화도 치솟은 터라 누에로 변한 가족들이 모여 있는 안방에 들어가 하루 일을 모두 마쳤다는 보고도 하지 않은 채 멍석 위에 드러누워 그을음으로 시커멓게 변한 정지의 보꾹만 바라보았다. 엄마와 아버지가 건식을 기다리고 있다는 걸 뻔히 알면서도.

언제까지 누에로 변해 있을까⋯⋯ 설마 올해가 다 갈 때까지…….

　한숨이 연기처럼 줄줄 새어나왔다. 신음을 토해내며 일어난 건식은 아궁이 속으로 마른 솔가지만 툭툭 던져 넣었다. 하지만 불길은 화르르 피어오르지 않았다. 다행히 샛바람이 세게 불진 않아 연기가 아궁이로 많이 나오지 않았다. 봄날 샛바람이 심할 땐 연기뿐만 아니라 갑자기 불길도 함께 토해낼 때가 있어 언젠가는 눈썹을 태워버린 적도 있었다. 아궁이 가득 마른 솔잎을 넣고 불이 붙을 때까지 입바람을 불다가 당한 일이었다. 여동생 예식이는 앞 머리카락을 태우고 운 적도 많았다. 샛바람은 예고 없이 불어왔다. 샛바람이 불면 봄날이라도 추웠다. 샛바람이 불면 아궁이 안에서 잘 타던 불도 갑자기 꺼져버렸다. 샛바람이 불어와 정지가 연기로 가득차면 저녁밥을 짓던 엄마는 이놈의 연기가 사람 잡는다고 탄식하며 마당으로 뛰쳐나왔다. 눈물을 글썽이며. 샛바람이 부는 날은 아무리 불을 때도 구들장이 따스해지지 않아 동생들은 서로 이불을 끌어가려고 티격태격했다. 건식은 아궁이 앞에 앉아 수수 빗자루로 부채질을 했다. 불은 간신히 꺼지지 않을 만큼만 피어올랐다. 온몸이 욱신거려 아무것도 하고 싶지 않은데 불까지 말썽을 부리는 저녁이었다. 그렇다고 불을 때지 않을 수도 없었다. 잠실의 누에들은 사람보다 온도에 대단히 민감하므로 샛바람이 부는 날은 특히 조심해야 한다고 엄마가 주의를 줬기 때문이었다. 비록 누에로 변했지만 엄마의 최대 관심사는 여전히 누에였다. 누에들이 상등품의 고치를 지을 수 있도록 열심히 키우는 일이었다. 그 고치를 팔아 보증 잘못 서서 고스란히 떠맡게 된 빚을 갚는 것뿐이었다. 당분간은. 건식은 엄마의 절박한 심정을 알기에 양푼에다 비빈 밥을 숟가락으로 퍼먹으면서도 불 피우는 일을 멈추지 않았다. 이쪽 아궁이의 불을 피우면 원래 잠실로 쓰는 집의 아궁이에도 불을 피워야만 했다. 건식은 입속에 가득한 밥을 우적우적 씹으며 부지깽이로 아궁이 속을 뒤적거렸다. 한숨을 함께 불어넣으며. 하루 학교에 가지 않았는데 한 일 년은 쉰 것 같았다.

"건식이 엄마 있어요?"

개 짖는 소리가 들리더니 누군가 문 밖에서 엄마를 찾고 있었다. 건식의 가슴이 저도 모르게 철렁 내려앉았다. 엄마를 찾아오다니! 누에로 변해버린 엄마를.

"……누구세요?"

어두운 마당에 서 있는 사람은 돈을 빌려준 윗마을 아주머니였다. 건식은 저도 모르게 누에로 변한 가족들이 있는 안방을 돌아보다가 급히 얼굴을 돌렸다. 방안의 가족들이 마당에서 들려오는 소리를 듣고 일순 어쩔 줄 몰라 하는 모습이 눈에 보이는 것만 같았다. 그들의 두근거리는 심장 소리가 문밖으로 흘러나오는 듯했다.

"엄마, 계시나?"

"……안 계셔요."

"……어디 가셨어?"

"……강릉 친척집에 가셨어요."

"친척집? 왜?"

건식은 마른 입속의 침을 끌어모아 삼켰다. 계속 이어질지 모르는 아주머니의 질문공세에 대강의 얼개는 미리 준비해 놓아야만 한다는 생각이 들었기 때문이었다. 강릉엔 외갓집이 있었다. 건식만 빼고 가족들 모두 외갓집에 갈 일이라면…… 윗마을 아주머니는 반쯤 열린 정지 쪽으로 한 걸음 다가갔다.

"외할머니가…… 아프시거든요."

"외할머니가?"

멀쩡하신 외할머니를 순식간에 아픈 사람으로 만들어버렸다는 자책감이 밀려왔지만 후회는 나중이었다. 윗마을 아주머니는 자기 집인 듯 정지로 들어갔고 건식은 남의 집에라도 온 듯 따라가야만 했다.

"그럼 너 혼자 있는 거냐?"

"예. 누엘 돌봐야 하거든요."

남포등 불빛에 드러난 윗마을 아주머니의 한쪽 눈 주변은 심하게 멍이 들어 있었다. 건식의 시선이 거기에 가닿자 아주머니는 손으로 멍을 가렸다. 그 와중에도 재빨리 부엌을 훑어본 아주머니는 의혹의 눈길을 거두지 않은 채 질문을 던졌다.

"니 혼자 누에를 돌본다고? 뽕은 누가 따고?"

정지 한 귀퉁이에는 낮에 산에서 낫으로 잘라온 뽕나무 가지가 수북하게 쌓여 있었다. 아주머니는 그리로 다가가 뽕잎을 만져보았다.

"제가…… 돌볼 수 있어요. 뽕도 낮에 제가 산에 가서 땄고요."

"학교도 안 가고?"

건식은 고개를 끄덕였다.

"엄마 아버지는 언제 오신대?"

"뭐…… 곧 오시겠죠. 아버지가 먼저 오실 수도 있고요."

"……그래. 외할머니가 위독하신 건 아니지?"

건식은 다시 고개를 끄덕였다. 아주머니가 빨리 돌아가길 기다리며. 정지를 둘러본 아주머니는 잠시 머뭇거리더니 마당으로 나갔다. 돌아가려니 생각했던 것은 착각이었다. 부엌의 남포등을 가져오라 하더니 그걸 들고 잠실의 방문을 하나하나 열고 안을 들여다보았다. 누에들의 상태를 직접 확인하려는 거였다. 건식은 마치 죄라도 지은 것처럼 아주머니의 뒤를 졸졸 따라다녀야만 했다. 슬슬 화가 났지만 달리 방법이 없었다. 마지막으로 누에로 변한 가족들이 있는 안방 문을 열었을 땐 숨이 덜컥 막히는 기분이었다. 다행히 아주머니는 잠실 안으로 들어가진 않았다. 건식은 그 옆에 다가가 물었다.

"누에들이 잘 컸지요?"

"그런 거 같다."

"며칠 안 있으면 섶에 올라가 고치를 지을 거예요."

"그래?"

"그럼 누에농사 다 지은 거나 마찬가지죠 뭐."

하식이와 예식이, 그리고 엄마와 아버지는 아무 말도 하지 않고 다른 누에들처럼 뽕잎만 갉아먹었다. 윗마을 아주머니는 아무런 낌새도 눈치 채지 못하고 문을 닫았다. 토방에서 마당으로 내려온 아주머니는 건식에게 남포등을 건네주었다. 호야의 한쪽은 연기에 그을려 있었고 윗부분에 뚫린 창으로 연기가 가

123

느다랗게 피어올랐다. 건식은 어서 가라는 뜻으로 남포등을 든 채 대문 없는 대문 쪽 개가 짖는 곳으로 걸어갔다. 뭔가 할 말이 더 남은 듯 머뭇거리던 아주머니도 건식의 뒤를 따라왔다.

"저녁은 먹었어?"

"그럼요. 안녕히 가세요."

"……잠잘 때 잠실 문단속 잘해라."

건식은 대꾸 없이 옆에서 재롱을 부리는 삽사리의 머리만 쓰다듬었다. 삽사리는 어둠 속으로 사라지는 아주머니를 향해 몇 번 더 짖더니 다시 건식의 품으로 돌아왔다.

"힘들었지?"

시렁과 시렁 사이의 통로에 앉은 건식은 엄마의 목소리에 하마터면 눈물을 보일 뻔했다. 가족들은 잠박 귀퉁이에 나란히 모여 다른 누에들처럼 뽕잎을 갉아먹고 있었다. 누에들은 정말이지 잠자는 시간만 제외하곤 줄기차게 뽕 먹는 일에만 몰두했다. 한 번 잠들면 이틀이나 사흘 가량 잠드는데 누에로 살아가는 동안 딱 네 번 잠을 잔다. 이미 네 잠을 모두 잤기 때문에 엄마의 말로는 거의 마지막 뽕 먹기에 몰두하고 있는 거였다. 사흘이나 나흘이 지나면 뽕 먹기를 멈추고 고치를 짓기 위해 섶에 오른다고 했다. 건식은 쏟아지는 졸음을 쫓아내며 엄마에게 물었다.

"또 찾아올 것 같았어요. 그땐 뭐라고 대답해요?"

"아직 안 돌아왔다고 하면 돼."

"또 찾아오면 아예 모른다고 해라! 지가 뭔데 우리 집 일에 참견을 하고 난리야!"

아버지는 입에 들어간 뽕잎이 튀어나오는지도 모른 채 목소리를 높였다. 덕분에 잠실 안이 잠시 적막해졌다가 다시 뽕잎 갉아먹는 소리가 피어났다. 엄마가 차분한 목소리로 아버지에게 대꾸했다.

"……남편이 두들겨 패서 내쫓았으니 왔겠지요. 아까 시퍼렇게 변한 얼굴 못 봤어요?"

"그러게 왜 애초에 보증을 서서 이 분란을 만들었어?"

"그 얘긴 이제 그만해요. 누가 이렇게 될 줄 알았어요!"

"보증을 안 섰으면 우리가 누에로 변할 일도 없잖아!"

"그거하고 이건 다른 얘기잖아요!"

"다르긴 뭐가 달라!"

뽕잎을 갉아먹던 동생들이 울기 시작했다. 그나마 다행인 것은 아버지가 누에로 변했기에 밥상이 뒤집어지거나 마당으로 날아가지 않는다는 점이었다. 건식은 두 동생을 손바닥에 올려놓고 슬그머니 잠실을 빠져나왔다.

"나는 이제 누에가 지겨워! 답답해."

손바닥 위에서 하식이가 투덜거렸다.

"······나도."

예식이가 거들었다.

"뽕잎만 먹는 게 지겨워 죽겠어!"

"······나는 학교에 가서 선생님과 친구들을 만나고 싶어."

건식은 예식이와 하식이의 머리를 조심스럽게 쓰다듬어주었다. 동생들의 소원이 마음속 깊은 곳에서 출렁이는 밤이었다. 틈날 때마다 누에가 되고 싶다고 투덜거린 게 한없이 부끄러워지는 밤이기도 했다. 건식은 두 동생을 삽사리에게로 데려갔다. 꼬리를 흔들며 개집에서 나온 삽사리는 어두워서인지 아니면 누에로 변해서인지는 몰라도 두 동생을 알아보지 못하는 것 같았다. 그저 건식의 텅 빈 한쪽 손만 핥았다.

"삽살이도 우릴 몰라보네."

"바보야, 우린 누에로 변했어."

손바닥 위에서 삽사리를 부르는 하식이의 목소리를 개는 끝내 알아듣지 못했다. 늘 같이 뒹굴고 뛰어다닌 사이였음에도 불구하고.

17

아내는 직장에 아들은 학교에 갔다.

건식은 누에들이 고치 짓는 모습을 바라보며 자다 깨기를 반복했다. 잠실 안을 모두 차지한 채 거대한 고치를 만들던 꿈속의 누에는 사라진 지 오래였다. 혹 다시 나타날지 모른다는 기대를 품고 바깥출입까지 줄인 채 잠실에서 낮잠을 청하는 시간이 많아졌지만 꿈속은 조바심만 가득할 뿐 어떤 누에도 건식에게 말을 걸어오지 않았다. 꿈속과 꿈 밖 어디에서든 누에들은 말 대신 입에서 토해내는 실로 묵묵히 고치 짓는 일만 계속할 뿐이었다. 아주, 천천히.

"⋯⋯엄청 큰 누에 어디 갔는지 알아?"

소나무 가지에다 사진으로만 본 목화 같은, 눈으로 직접 본 목련 같은 고치를 짓고 있는 누에에게 건식이 다가가 물었다. 누에는 아무 말도 하지 않았다. 건식은 다른 누에에게 다가갔다.

"혹시…… 옛날에 누에로 변한 사람들 얘기 들은 적 있어?"

풀솜 안에 고치의 형태를 거의 만들어가는 누에는 아예 머리를 다른 곳으로 돌렸다. 건식은 포기하지 않고 다른 누에들을 기웃거렸다.

"두 사람은 부부고 아들과 딸이 하나씩 있거든."

누에의 머리가 돌아가는 방향을 따라 가느다란 실이 둥그렇게 원을 그렸다. 가느다란 실은 잘 보이지 않았지만 모이고 모여서 한 송이 꽃을 피우고 있었다.

"우리 부모님이고, 내 동생들이야."

"……"

"여동생 예식이는 똑똑하고 참한데 남동생 하식이는 좀 덜렁거리는 성격이야."

"……"

"가끔씩 아버지가 술주정을 해서 힘들었지만 그래도 행복했던 시절이었어. 나만 빼놓고 모두 누에로 변하기 전까진."

"……"

"그때 나는 강원도 산골마을의 중학생이었고 동생들은 초등학생이었어. 나는 우여곡절 끝에 계속 학교를 다닐 수 있었지만 동생들은…… 거기에서 멈췄지."

"……"

"누에에서 사람으로 되돌아오지 못했거든. 그래서 너희들에게 묻는 거야. 혹시라도 알고 있는 게 없냐고."

누에들은 소나무 가지에 흰 꽃들을 한 봉오리 두 봉오리 피우고 있었다. 마치 모두 잠든 밤에 함박눈이 쌓인 것만 같았다. 그 희고 탐스런 꽃봉오리 속으로 자취를 감추려 하는 누에들에게 건네는 건식의 이야기는 별 효과가 없는 듯했다. 건식은 다시 방바닥에 모로 누워 안타까운 시선으로 누에들의 더딘 움직임을 좇았다. 한없이 느리고 굼뜬, 그러나 누에의 입장에서 보면 빠르고 민첩한 고치 짓기를 바라보며 건식은 스르르 낮잠 속으로 빠져들었다. 어떤 소식을 들을 수 있게 되길 바라며.

"아빠?"

"……언제 왔어?"

학교에서 돌아온 아들이었다. 자리에서 일어나지 않은 채 건식은 조금 슬픈 눈으로 아들을 바라보았다. 다행히 아들은 건식의 속마음을 눈치 채지 못한 채 고치 짓는 누에를 살피느라 바빴다. 얼마 있지 않으면 누에들이 고치 속으로 감쪽같이 사라진다고 알려줬기 때문이었다. 나가고 들어오는 쪽문 하나 없는 고치 속으로. 그 작업을 묵묵히 수행하고 있는 누에들에게 아들은 푹 빠져 있었다. 학교 끝나기 무섭게 곧장 집으로 돌아오는 것만 봐도 그랬다. 건식은 아들에게 옆자리에 누우라고 권했다.

"아빠가 꾼 누에 꿈 얘기해 줄까?"

"꿈에 누에가 나왔어요?"

"공룡만큼 큰 누에였어. 너도 엄마와 함께 나왔다."

"공룡만큼 큰 누에가 세상 어디에 있어요?"

건식은 꿈 이야기를 아들에게 들려줬다. 누에로 변한 가족들과 관계된 얘기만 빼고. 거대한 누에가 만든 고치, 그 고치에서 나온 실로 짠 비단. 그 비단으로 세 식구의 옷을 지어 입은 얘기는 비단을 선물 받은 다음의 일을 상상해서 지어낸 거였다. 아들은 자신이 마치 그 꿈속의 주인공이기라도 했던 것처럼 들뜬 표정이었다. 누워서 듣다가 벌떡 일어나 앉은 눈동자가 반짝거렸다.

"아빠는 그 누에가 왜 갑자기 몸이 커졌는지 알아요?"

"……꿈은 원래 그래. 물어보았는데 그 누에도 모른다고 했잖아."

"분명 어떤 까닭이 있을 거예요. 내가 그 꿈을 꾸었더라면 알 수 있었을 텐데……."

"그럼 오늘 밤 네가 그 꿈을 이어서 꾸면 되겠네."

"그럴 수 있어요? 어떻게?"

"잠들기 전에 네가 간절히 원하면 그 누에가 나타날 거야."

"지금 당장 잠을 잘게요!"

"지금?"

담요 속으로 아들이 들어와 누웠다. 아들은 잠시 생각을 정리하는 듯 소나무 가지에서 고치를 짓고 있는 누에들을 한동안 바라보더니 이윽고 결심한 듯 눈을 질끈 감았다. 그런 아들의 머리를 쓰다듬어주곤 건식도 눈을 감았다. 만약 나타난다면 누구의 꿈속에 그 누에가 다시 나타날까 궁금해 하며.

"아빠, 공룡 같은 누에가 꿈속에 나타나면 제가 힘들지도 모르니까 도와주셔야 돼요."

"알았어. 내가 뽕도 따오고 다 할 테니까 걱정 마."

"누에가 내 말을 잘 들어야 하는데……."

"……누에랑 뭘 할 건데?"

"……아빠가 빨리 취직되게 해달라고 부탁할 거예요."

건식은 눈을 슬그머니 떴다가 다시 감았다. 아내가 얘기를 한 모양이었다. 건식은 한숨 대신 담요 속에서 아들의 손을 꼭 잡았다. 아들의 손가락은 몇 번 꼼지락거리는가 싶더니 서서히 힘이 풀렸다. 건식의 손에서도 힘이 올올이 풀려나가고 있었다. 누에들의 입에서 실이 풀려나오듯. 실을 모두 토해내면 주름이 자글자글한 번데기로 변하는 누에들처럼 될지도 모른다는 생각을 하며 건식은 천천히 눈을 감았다. 그러자 두 사람이 고치를 짓는 누에들과 함께 누워 있는 방은 배로 변해 물 위에 둥둥 떠 있는 것만 같더니 어느덧 어디론가 흘러가기 시작했다. 호수 위의 배처럼, 아니 호수에서 이륙해 허공을 날아다니는 배처럼.

　"두 부자가 팔자 한번 좋네요!"

　어둑어둑해진 잠실의 문을 열고 소리친 것은 아내였다. 열린 문으로 따스한 음식 냄새가 밀려들었다. 잠에서 깨어나지 않은 아들은 정말 공룡 같은 누에가 등장하는 꿈이라도 꾸는지 담요 속에서 꿈지럭거렸다. 집에 돌아온 아내는 저녁 준비까지 모두 끝내놓고 건식을 깨운 거였다. 건식은 아들의 잠을 깨우지 않고 잠실에서 나왔다.

　"누에들과 같이 살아보니 어때?"

아내가 떠준 냉잇국에서 김이 모락모락 올라왔다.

"옛날 생각이 많이 나."

"……옛날에선 언제 돌아올 거야?"

"……돌아오겠지."

"저 누에들은 어떻게 할 거야?"

"누에고치로 비단을 짜서 당신 옷을 만들어줄게."

"아이고! 조만큼 가지고 무슨 옷을 만들어."

"속옷 정도는 만들 수 있지 않을까?"

"됐네요! 마치 누에들 피 뽑아서 옷 해 입는 기분이야."

"실이 아니고 피?"

"그래, 피!"

건식은 누에의 하얀 피를 생각하며 저녁을 먹었다. 잠실의 아들은 아직 잠에서 깨어나지 않은 모양이었다. 정말 누에 꿈을 꾸고 있는 것일까. 건식은 밥을 푼 수저를 든 채 물끄러미 잠실 문을 바라보았다. 아내의 시선도 뒤이어 따라왔다.

"이제 깨울까?"

"그냥 일어날 때까지 놔둬. 깨우면 꿈을 잃어버리거든."

"두 부자가 아예 누에랑 연애를 해요!"

"공룡만큼 커진 누에 꿈을 꾸고 싶어 하거든."

"그게 가능해?"

"가능할 거야. 나도 꾸었거든. 당신도 출연했고."

"……누에가 고치를 모두 지으면 옛날에서 다시 돌아올 거지?"

"……비단으로 당신 속옷을 다 만들면."

"아이구야!"

건식과 아내가 저녁을 거의 다 먹었을 때 마침내 잠실의 문이 열리고 아들이 얼굴을 드러냈다. 건식과 아내는 누에들이 고치를 짓고 있는 방에서 나온 아들의 표정을 살폈다. 아들의 표정은 무언가에 잔뜩 상기돼 있었다.

"아빠, 엄마?"

"……응."

"꿈에 말하는 누에를 만났어요."

"진짜?"

건식은 아들의 등 뒤 조금 열려 있는 문을 통해 잠실 안을 훔쳐보았다. 거대한 누에는 보이지 않았다. 아들은 꿈에 어떤 누에를 만났을까. 누에를 만나 어떤 이야기를 들었을까. 꿈의 순서를 정리했는지 아들은 밥상 앞에 앉아 입을 열었다.

"옛날에…… 누에로 변한 사람들 이야기를 들려줬어요."

"사람이 누에로 변해?"

아내가 놀란 표정을 지어주었다.

_18_

눈을 감았는데도 주변은 너무 환했다. 눈을 뜨니 온통 하얀 세상이었다. 하얀 방이었다. 다른 것은 아무것도 없는 둥근 방이었다. 문조차 없는. 건식은 손을 내밀어 그 하얀 방의 벽을 쓰다듬으며 한 바퀴 돌았다. 마치 하얀 공 안에 들어가 있는 기분이었다. 아늑하고 따스한…… 건식은 그제야 자신이 누에고치 속에 들어와 있다는 사실을 눈치 챘다. 문도 없는데 어떻게 들어왔는지는 기억나지 않았지만.

세상에!

건식은 자신의 알몸을 훑어보곤 벌린 입을 다물지 못했다. 비록 팔 다리는 있었지만 사람의 몸이 아니라 누에번데기에 가까웠다. 온몸에 주름이 자글자글 잡혀 있는. 대체 어떻게 된 일 인지 까닭을 알 수 없었다.

"엄마? 예식아?"

하얀 실로 촘촘히 엮어진 벽 너머를 향해 소리쳤지만 아무런 응답도 없었다.

"아버지? 하식아?"

하얀 벽을 손으로 두드렸지만 역시 묵묵부답이었다.

밖에서는 아무런 기척도 느껴지지 않았다. 고치 속에서 내지 른 목소리가 밖으로 나가지 않거나 마찬가지로 바깥의 소리들 이 고치 안으로 들어오지 못하는 것인지 알 수 없었다. 건식은 고치 안에 우두커니 앉아 몸에 생긴 주름들을 펴려고 손으로 쓰다듬었다. 왜 고치 속으로 들어오게 되었는지 알아내려고 애 를 쓰며. 누에로 변한 가족들은 어떻게 되었을지 궁금해 하며. 건식마저 고치 속에 갇혀버렸으니 누가 그 많은 누에들을 돌본 단 말인가. 아직 몇 번 더 뽕을 따야 하고 누에들이 고치를 지 을 섶도 마련해 줘야 하는데…… 그러고 보니 이렇게 쭈그려 앉 아 한가하게 주름이나 펼 때가 아니었다. 건식은 벌떡 일어났 다. 밖으로 나갈 수 있는 자그마한 틈이라도 찾아야만 했다. 그 틈이 없으면 실의 처음을 찾아내 실패에 실을 감듯 풀어내야만 했다. 그 실의 길이가 얼마가 될지는 모르겠지만……

하지만 하얀 방은 완벽하게 봉쇄돼 있었다.

고치를 모두 지으면 누에번데기로 변하고 고치 속에서 잠을 자다 누에나방으로 변한 누에는 어떻게 고치를 뚫고 밖으로 나갈까. 건식은 오로지 시력과 손톱을 이용해 실의 처음을 찾아보려 고치 속을 돌고 돌았지만 허사였다. 고치는 완벽한 집이었다. 밖에서 적이 들어올 수도 없었고 안에서 밖으로 나갈 수도 없었다. 오직 누에만이 나가고 들어오는 방법을 알고 있는 것 같았다. 그럼 누에로 변한 가족들은? 건식이 가져다줄 뽕잎을 기다리다 지쳐 벌써 탈진해 버렸을지도 모를 일이었다. 건식은 절박한 심정이 되어 회칠한 것 같은 고치를 손톱으로 긁어 실오라기를 떼어냈다. 고치가 훼손되는 한이 있더라도 바깥으로 나가야만 했다. 가족들은 건식만 기다리고 있을 게 틀림없었기에. 건식은 벽에서 떼어낸 가느다란 명주실을 이빨로 끊어낸 뒤 손목을 실패 삼아 감아 나갔다. 실은 너무 가늘어 눈에 잘 보이지도 않았지만 손목에 감기는 감각을 이용해 조심스럽게 끌어당겼다. 누에가 잠 한숨 자지 않고 거의 나흘에 걸쳐 실을 토해내 만든 고치인 만큼 되감는 것도 시간이 필요했다. 더군다나 건식이 갇혀 있는 고치는 커도 엄청 컸다. 언제 명주실을 모두 풀어내고 밖으로 나갈지는 헤아리기조차 힘이 들었다. 건식은 쉬지 않고 팔목에 실을 감았지만 초조함만 더해갔다. 누에로 변한 가족들도 문제였지만 조금 있으면 고치 지을 그 수많은 누에들을 생각하면 걱정이 이만저만 큰 게 아니었다. 누에를 잘 키워 상등품의 고치를 생산해야만 하루라도 빨리 빚을 갚을 수 있었다. 그래야만 가족들도 다시 사람으로 돌아오고 모두 모여 앉아 따스한 밥상으로 숟가락과 젓가락을 분주히 옮길 터였다. 그런데…… 고치의 명주실은 한없이 더디 풀렸고 손목에 감긴 실은 고작해야 붕대 한 장 정도밖에 되지 않았다.

건식은 달라진 게 조금도 없는 흰 방을 둘러보며 한숨을 쉬었다.

"부모님은 어디 계시냐?"

윗마을 아저씨는 대낮부터 술을 마셨는지 얼굴이 벌겋게 달아올라 있었다. 아저씨의 뒤엔 아주머니가 우두커니 서 있었는데 머리에 수건을 쓰고 있었지만 얼굴은 멍이 시퍼렇게 들어 말이 아니었다. 병들어 죽은 누에들을 쓰레받기에 담아 잠실에서 나온 건식은 상황을 파악하려고 대답을 미룬 채 뜸을 들였다. 윗마을 아저씨는 같은 자리에서 제대로 서 있지 못하고 비틀거렸다.

"……무슨 일이신데요?"

"니가 상관할 일이 아니다. 부모님 어디 계시냐?"

"외가에 가셨어요."

"간 지가 언젠데 왜 아직 안 오시는 거냐?"

"거기까진 잘 모르겠어요."

죽은 누에들을 닭장에 뿌려주자 닭들이 일제히 몰려들었다. 한 마리씩 물고 꽁지가 빠져라 달아나고 다른 닭들은 그 뒤를 쫓아갔다. 윗마을 아저씨도 건식을 따라 닭장까지 쫓아왔다. 술 냄새를 풍기며.

"누에한테 병 온 거 아니냐?"

"이 정도는 늘 있는 일이에요."

"……그래? 근데 말이야. 네 부모님 진짜 외가에 간 게 맞아?"

"……그게 무슨 말이에요? 그럼 어디 도망이라도 갔단 얘기예요?"

"아니…… 아무리 외할머니가 아프다고 해도 너무 오래 가 있으니 하는 말이야. 지금 한창 바쁠 때잖아."

"아저씨, 저 뽕 따러 가야 되거든요."

"뿡?"

"예. 부모님 돌아오시면 다녀가셨다고 전해드릴게요."

"어…… 뭐 그럴 것까진 없다. 그럼 잠깐 누에 좀 보고 가마."

"아저씨, 누에들은 아주 예민해서 술 냄새 싫어해요."

"그래? 그럼 당신이 보고 와."

여태 아무 말도 않고 마당 귀퉁이에 서 있던 아주머니는 비로소 걸음을 옮겼다. 건식은 화가 치밀었지만 꾹 눌러버렸다. 눈 주변이 시퍼렇게 멍든 아주머니는 잠실의 문을 열고 안으로 들어갔다. 건식은 팔짱을 낀 채 술 취한 아저씨와 닫힌 잠실 문을 번갈아 노려봤다.

볼일을 마친 두 사람이 길모퉁이로 사라지는 것을 확인한 건식은 잠실로 들어갔다.

"갔냐?"

"언덕길을 내려가다가 넘어졌어요."

"고거 꼬시다! 지 여편넬 그렇게 때렸으니 벌 받은 거야."

"그나저나 걱정이에요. 또 찾아올 거 같은데……."

"그러게 말이다. 우리가 빨리 사람으로 되돌아가야 하는데……."

엄마와 아버지가 잠박 안에서 무거운 한숨을 꺼내놓았다. 건식은 차마 자신의 한숨까지 그 위에 보탤 수는 없었다. 동생들은 이미 누에로 지내야 하는 생활에 지쳐 있었다.

"엄마가 해주는 밥이 먹고 싶어. 뽕이 아니라. 누나는?"

"……학교 가고 싶어."

하식이와 예식이의 소망이었다.

건식의 왼쪽 팔목엔 제법 많은 명주실이 감겨 있었다. 하지만 하얀 고치 속은 아직 요지부동이었다. 밖으로 나가려면 온몸을 실패로 사용해도 부족할 것 같았다. 건식은 고치의 실을 푸는 일을 멈추지 않은 채 생각에 생각을 거듭했다. 왜 평화롭던 집안에 이런 일들이 벌어진 것일까. 왜 가족들은 누에로 변하고 나는 누에고치 속에 갇혀버린 것일까. 아버지의 주장대로 이 모든 일은 엄마가 보증을 잘못 서서 비롯된 일일까. 만약에…… 가족들이 예전으로 돌아가지 못한다면? 계속 누에로 살아야 한다면? 건식은 실 감던 일을 멈추고 바닥에 덜렁 드러누웠다. 하얀 방이 점점 감옥으로 변해가는 것 같았다.

나는 누에나방이 되려는 걸까. 고치 속에 갇힌 걸 보면 내가 입으로 실을 토해내 이 고치를 지었다는 얘긴데 나는 뽕잎을 먹은 기억조차 없다. 더불어 실을 토해내지도 않았다. 그런데 나는 왜 이 고치 속에서 번데기처럼 온몸에 주름이 잡힌 채 누워 있는 걸까. 누에로 변해버린 가족들을 대신해 뽕을 따고 누에를 건사하는 게 싫었던 것일까. 자꾸만 찾아오는 윗마을 아저씨와 아주머니를 만나는 게 부담스러웠던 것일까. 아니면 이 모든 짐이 오로지 내 어깨에 올라앉은 게 부담스러웠던 걸까. 길고 긴 어떤 이야기인 것만 같은 고치 속의 실을 팔목에 감고 있는데, 아무리 생각해 봐도 내가 예상했던 것보다 훨씬 더 길고

긴 이야기 속에 갇혀버린 것만 같다. 그런데 아무리 생각해 봐도 이해할 수가 없다. 사람이 누에로 변하다니. 이게 말이 되는 얘긴가. 누에로 변하는 꿈을 꿀 수는 있을 것이다. 그런데 현실에서 누에로 변하다니. 나는 거의 누에번데기가 되어 누에고치 속에 갇혀 있고. 그럼 이게 꿈이란 얘긴가. 그렇다면 이 꿈은 언제까지 꾸어야만 되는 것일까. 이 꿈은 내게 무엇을 바라는 것일까. 왜 다른 사람도 아닌 우리 집에, 내게 도착한 것일까. 우리 가족이, 내가 대체 무슨 잘못을 했다고…… 건식은 자리에서 일어나 다시 팔목 실패에 가느다란 명주실을 감았다. 대답해 주는 것은 아무것도 없는 고치 안이었다. 건식이 할 수 있는 일은 그저 고치의 실을 풀어 한 겹 두 겹 팔목에 감는 게 전부였다. 지루하고 지루한. 그것은 모래시계의 아주 작은 모래알들이 한 알 한 알 아래로 떨어지는 것보다 더 느리고 지루한 일이었다. 고치를 만든 누에들이 존경스러울 정도였지만 사실 그보다 더 현실적인 일은 실을 풀면 풀수록 온몸에서 늘어만 가는 주름이었다. 정말이지 고치 속의 실을 모두 풀면 몸에 날개가 생길지도 모를 일이었다. 그럼? 누에나방은 교미를 마치면 알만 남기고 곧 죽어버린다고 하는데…… 그럼 아직 누에로 남아 있는 가족들도? 이게 말이 되는 얘기란 말인가? 왜? 우리 가족이 대체 뭘 잘못했다고 누에의 삶을 살아야 하지? 아무리 생각해 봐도 납득이 가지 않았다. 건식은 실패를 내팽개치려 했지만 손목은 말을 듣지 않았다. 으아—! 건식은 실북 모양의 고치를 향해 달려가 박치기를 하고 주먹으로 후려쳤지만 고치는 그런 건식을 가볍게 튕겨냈다. 다시 달려가 옆차기를 했지만 마찬가지였다. 고치는 조금의 미동도 없이 고치 속 번데기를 안전하게 보호하겠다는, 하얗고 둥근 의지만 견지하고 있을 뿐이었다. 도무지 이해할 길이 없는 둥근 방이었고 왜 그 방에 갇혀버렸는지는 더더욱 알 길이 없었다. 건식은 다시 바닥에 드러누웠다. 눈을 감아도 환한 고치 속에.

"건식아?"

누구지? 고치 바깥에서 들려오는 목소리였다. 친구 목소리인 것 같은데. 대답을 해야 하나, 말아야 하나. 연거푸 들려오는 목소리는 건넛마을 친구의 목소리가 틀림없었다. 학교에 가지 않으니 찾아온 것 같았다. 건식은 대답하려고 입을 열었다가 곧 멈췄다. 고치 속에 갇혀 있는 상황을 어떻게 설명해야 할지 판단이 서지 않았다. 주름이 자글자글한 알몸의 상태에 대해서도. 하지만…… 언제 실을 다 감을지 모르는 상황이니만큼 밖으로 나가는 게 급선무였다. 건식은 친구의 목소리가 들려오는 쪽을 향해 소리쳤다.

"나, 여기 있어!"

그러나 어찌된 일인지 친구는 건식의 소리를 듣지 못한 채 집을 한 바퀴 돌며 계속 건식을 찾았다. 여기 있다고! 고치 속에 갇혔다고! 소리치고 소리쳐도 헛수고였다. 친구는 마치 일부러 못 듣기라도 한 것처럼 그렇게 집을 몇 바퀴 돌며 건식의 이름만 부르다가 사라졌다. 개 짖는 소리만 남긴 채.

"건식아?"

다시 친구의 목소리가 들렸다. 실을 감다가 그대로 잠이 들었던 건식은 눈을 번쩍 떴다. 고치 속 하얀 방엔 어둠이 가득했다. 그 어둠을 희미하게 밝히고 있는 것은 남포등이었다. 건식은 눈을 비비며 주변을 둘러보았다. 정지의 아궁이 앞에 깔아놓은 멍석이었다. 건식은 왼쪽 손목을 이리저리 둘러보았다. 실은 온데간데없고 멍석 자국만 우툴두툴하게 찍혀 있는 손목을. 다시 건식을 부르는 친구의 목소리가 밖에서 들려왔다.

"……나, 여기 있어."

정지 문을 열고 나가니 바깥은 밤이었다. 어둠 속에 서 있는 같은 반 친구에게 손을 흔들었다.

19

"누에가 이렇게 말했어요. 옛날하고 아주 옛날에······"

아들은 건식과 아내 앞에 앉아 입을 열더니 이야기의 순서를 정하는지 잠시 뜸을 들였다. 건식은 아들의 입에서 도대체 어떤 꿈 이야기가 나올지 기대하며 침을 삼켰다. 옛날 옛날에 누에로 변한 사람들 이야기라니······ 궁금해 하지 않을 수가 없었다.

"옛날 옛날에, 가난하지만 행복한 가족들이 살았대요. 음, 가끔 아버지가 취하면 술주정하는 것만 빼고요. 그들은 시골마을에서 농사를 지으며 살고 있었어요. 아, 누에도 키우면서요. 그런데 어느 해는 누에를 엄청 많이 키우느라 온 식구들이 정신이 없었대요. 뽕도 따야 하고 또······ 누에들이 살 집도 만들고요. 그런데 일이 점점 많아지자 어린 자식들도 놀지 못하고 뽕 따는 일에 매달려야 했대요. 아침부터 해질 때까지."

"그 얘길 누에가 들려줬다고? 니가 지어낸 게 아니고?"

건식이 물었다.

"아빠, 누에의 말이에요!"

"엄만 니 말을 믿어. 계속 들려줘."

"고마워요, 엄마. 그러니까 그 가족들은…… 매일같이 뽕을 따고 누에 키우는 일을 계속했는데, 어느 날 눈을 떠보니 한 사람만 빼고 모두 누에로 변해 있었어요. 그 사람은 바로 그동안 제일 게으르게 뽕을 따고 틈만 나면 놀러갈 생각하던 그 집 아들이었어요."

"그래? 그래서 어떻게 됐는데?"

아내는 건식을 한번 돌아본 뒤 눈을 동그랗게 뜨고 과장된 표정을 지었다. 건식의 표정은 조금씩 어두워졌다. 아들 녀석의 꿈 이야기가 어디로 물꼬를 틀지 알 수 없었다. 어쩌면 누에가 아들을 통해 건식이 그토록 듣고 싶어 했던 소식을 전하려는 것인가…….

"그 집 아들은 결국 누에로 변한 가족들, 그리고 훨씬 더 많은 누에들을 혼자서 돌봐야만 했어요. 다 팽개치고 몇 번이나 도망치려고도 했지만 겉만 그렇지 마음은 여렸던 모양이에요. 또 마을 사람들과 친척들도 와서 도와주었대요. 누에로 변한 가족들을 위로해 주기도 하고요. 하여튼 온갖 우여곡절 끝에 누에들은 이제 뽕잎 먹기를 모두 마치고 어느덧 고치 지을 때가 되었어요. 근데 가장 중요한 문제가 남아 있었어요. 그게 뭔지 아세요?"

건식과 아내를 바라보는 아들의 눈은 초롱초롱했다. 아내가 입을 열었다.

"누에로 변한 가족들?"

"맞아요! 막상 누에들이 고치 지을 때가 되자 아들은 그제야 덜컥 겁이 났어요. 가족들이 사람으로 돌아오지 않으면 어쩌나 하고. 친척들과 마을 사람들도 걱정이 돼서 찾아오곤 했지만 방법을 찾지 못했어요. 누에로 변한 가족들에게 물어보았지만 울먹이기만 했지 그들 역시 모르긴 마찬가지였어요. 이제 사람들은 어떻게 하면 누에가 다시 사람으로 돌아올 수 있을까 고민하기 시작했어요. 아들은 아예 누에들이 사는 방에서 울면서 잠드는 날이 많았고 가까운 친척들은 점쟁이나 무당에게까지 찾아가 어떻게 해야 되는지 물었어요. 집까지 찾아온 무당도 있었대요. 하지만 다 소용이 없었어요. 마침내 누에들은 고치를 짓기 시작했고…… 엄마, 아빠? 누에로 변한 가족들이 어떻게 됐을 거 같아요?"

"……그러게. 옛날이야기니까 어떻게 해서든 다시 사람으로 돌아오지 않았을까. 당신은 어떻게 생각해요?"

"……그냥 누에로 살았을 것 같아."

"왜?"

"……다른 종으로 변하는 건 현실적으로 불가능한 일이잖아."

"그럼 처음부터 누에로 변하지 말았어야지. 옛날이야기 보면 대부분 다시 원래대로 돌아오지 않아?"

"돌아오지 않는 것도 많아."

건식은 부정적이었고 아내는 긍정적이었다. 아들은 마치 수수께끼의 출제자인 양 둘의 말을 곰곰이 듣더니 빙그레 미소만 지었다. 쉽게 결말을 얘기하지 않겠다는 듯. 하지만 입이 근지러워 죽겠다는 표정도 감추지 못했다.

"모든 시도가 수포로 돌아갔어요. 누에들은 고치를 지으러 하나둘 섶에 올라가고. 그러자 아들은 누에로 변한 가족들 옆에서 식음을 전폐한 채 사흘 밤낮을 울었대요. 그러다 지쳐 쓰러졌는데……"

"사람으로 돌아왔구나?"

아내는 고개를 끄떡였고 건식은 고개를 가로저었다.

"그 아들도 똑같이 누에로 변했겠지."

아들은 꿈을 기억하려는 듯 잠시 눈을 감았다. 뭔가 애를 쓰는 표정이 역력했다. 눈을 뜨자 비로소 꿈 이전의 모습으로 되돌아온 것 같았다.

"……거기서 꿈이 깼어요."

"……뭐?"

건식과 아내가 동시에 소리쳤다.

"꿈이 원래 그렇잖아요. 밥 먹었으니 다시 자야겠어요. 계속 이어서 꾸게."

"얘, 꿈이 무슨 연속극이야?"

"쟤 꿈속에 우리가 몰래 들어가봐야 해."

아들은 꿈을 이어서 꾸겠다고 다시 잠실로 들어갔다. 건식은 냉장고에서 술 한 병을 꺼내와 마개를 땄다. 아내와 건식의 술잔에 술이 찰찰 고였다. 저녁 먹고 남은 반찬을 안주로 삼아 술잔을 조금씩 비웠다. 아들이 잠실을 지키고 있으니 문제될 게 없었다. 누에에게 너무 빠지는 것 같아 처음엔 조금 염려스러웠는데 다행히 아내도 별 문제 삼지 않았다. 요즘엔 도시나 시골이나 누에를 접하는 아이들이 거의 없는데 그나마 이번 일을 계기로 다른 생명체의 삶을 가까이에서 조금이나마 들여다볼 수 있다는 건 쉽지 않은 경험이었다. 어린 시절의 누에가 이렇게 자신과 아내, 아들에게 연결된 것이 건식에겐 묘한 감정을 불러일으켰지만 차마 드러내놓고 내색할 순 없었다. 건식은 술잔을 든 채 누에들이 잠도 자지 않고 고치를 짓고 있는, 아들이 잠들어 있는 잠실의 방문을 바라보며 생각에 잠겼다. 아내는 텔레비전을 보며 술잔을 비우고. 한 집에 있는 세 사람이 각기 다른 생각을 하며 밤을 건너가고 있는 중이었다. 아내가 무슨 생각을 하고 있는지 갑자기 궁금해졌지만 건식은 옆모습만 바라볼 뿐 묻지 않았다. 아들은 누에가 들려주는 옛날이야기를 꿈속에서 계속 이어갈 수 있을까. 어떻게 그런 꿈을 꾸었을까. 마치 건식의 기억 속을 들여다보기라도 한 것처럼. 누에는 아들의 꿈속에 다시 나타나 나머지 이야기를 마저 들려줄까. 누에로 변한 사람들은 어떻게 될까. 어떻게 건식의 어린 시절의 일들과 아들의 꿈이 그렇게 흡사한지 알 수가 없었다. 그런데⋯⋯ 뭔가 이상하다. 아들의 꿈 이야기와 상관없이 이상해도 많이 이상한 부분이 있다. 건식은 아내의 어깨로 손을 가져갔다가 두드리지 못하고 망설였다. 아내가 기척을 느끼고 텔레비전 화면에서 고개를 돌렸다.

"왜?"

"……사람이 다른 생명체로 변한다는 게 쉬운 일일까?"

"옛날이야기, 소설, 꿈, 영화에서나 나오는 얘기지."

"……거의 그렇지."

"그런데?"

"그런데…… 변한 사람들을 보면 대개 어떤 절박함이 있잖아. 인내도 필요하고. 곰이 인간이 되고 싶어 동굴 속에서 백 일 동안 쑥과 마늘만 먹은 것처럼. 물론 호랑이는 실패했고. 어쨌거나 그들은 변하고 싶었던 쪽이었어. 문제는 변하고 싶지 않은데, 바란 적도 없는데 변한 사람들이야. 왜 변했을까. 억울하지 않을까? 나중에 돌아갈 수도 없다면 그건 너무 가혹한 운명이 아닐까? 변하는 게 하늘의 별을 따는 것만큼이나 어려운 일일 텐데……."

"무슨 잘못을 해서 벌받은 거라면?"

"……잘못?"

아내는 하품을 하며 다시 텔레비전 화면으로 얼굴을 돌렸다. 연속극은 마지막 부분에서 한껏 긴장을 고조시키더니 다음 회에 대한 호기심만 남겨둔 채 끝이 났다. 아내는 아쉬운 듯 입맛을 다셨다. 리모컨으로 채널을 빠르게 돌리며 하품을 했다.

"큰 잘못도 하지 않았는데 변했다면?"

"……응? 당신 지난번 그 누에 얘기하려는 거지? 나 졸려. 내일 출근하려면 자야 해."

"……잘 자."

누에로 변한 또 다른 가족들의 얘기를 아내는 거부했다. 꿈과 꿈 밖의 일에 대한 엄격한 구별이겠지만 얘기조차 들으려 하지 않는 것은 좀 야속했다. 물론 건식의 실직이 예상하지 못한 곳으로 흘러가는 것에 대한 아내의 두려움일 수도 있었다. 건식은 닫혀 있는 두 개의 방문을 번갈아 바라보다가 술잔으로 돌아왔다. 술잔에 술이 찰찰 차올랐다. 지금 집에서 잠들지 않고 있는 건 건식과 고치를 짓고 있는 누에들뿐이었다. 건식은 물로 입을 헹구고 안방 문을 열었다. 아내는 침대에 누워 잠자고 있었다. 누에가 아닌 사람의 모습으로 코를 골았다. 다행이었다. 누에 꿈을 꾸고 있는지는 모르겠지만 아들 역시 잠실에서 잠들어 있었다. 건식은 손바닥으로 입과 코를 가린 채 아들이 걷어찬 담요를 덮어주었다. 누에들은 캄캄한 밤, 아무것도 보이지 않아도 고치를 지었다. 빛이 있고 없음은 아무 문제가 되지 않았다. 술 냄새가 풍길까봐 얼른 방에서 나온 건식을 반겨준 것은 술병과 안주가 놓여 있는 쓸쓸한 식탁이었다. 하지만 전부 쓸쓸한 것은 아닌 그런 식탁……

건식은 텔레비전도 끄고 주방 등 하나만 켜놓은 채 술잔을 만지작거렸다. 만지작거리다가 비우고 다시 채웠다. 술은 금방 동이 났고 냉장고에서 새 술 꺼내기를 반복했다. 취하지 않을 까닭이 없었다. 아버지가 떠올랐다. 술에 취하면 밥상을 뒤집고 마당으로 던지던 아버지였다. 어른이 되면 절대 술을 마시지 않겠다고 아버지에게 했던 말이 떠올랐다. 피는 못 속인다고 아버지는 웃으며 대답했었다. 건식은 비틀거리며 소파로 이동해 누웠다. 그래도 나는 술에 취하면 아버지처럼 아내를 때리고 가족들을 내쫓지는 않는다고 중얼거리며 건식은 눈을 감았다.

마침내 누에들만 잠들지 않은 밤이 되었다.

20

　건식은 누에로 변한 가족들을 소쿠리에 담아 마당의 꽃밭으로 데리고 나왔다. 꽃밭에는 붉은 모란이 피어 있었다. 마치 소풍을 나온 기분이었다. 왜 미처 이 생각을 못했을까. 누에로 변했으니 누에의 삶만 살아야 한다는 생각을 가족들 모두가 한 탓이었다. 건식은 소쿠리에서 뽕잎을 먹고 있는 가족들을 데리고 집 곳곳을 보여주었다. 아버지에게는 외양간의 소를, 엄마에게는 정지를, 그리고 동생들에겐 집을 지키는 삽사리와 닭장을 보여준 뒤 볕이 잘 드는 마당의 화단 옆 평상에 걸터앉았다. 어른 주먹보다 더 큰 모란은 자그마한 모란 나무에 주렁주렁 매달려 있었다.

"누에고치 속에 갇힌 꿈을 꾸었어요."

"……누에 돌보느라 너무 힘드니 그런 꿈을 다 꾸었구나."

엄마가 안타깝다는 듯 건식을 위로했다. 아버지는 한심하다는 듯 혀를 찼다.

"사내라면 이 정도 일은 아무것도 아니다. 나는 너만 할 때 어른들처럼 마을에 품 팔러 다녔다."

"형, 건넛마을에 놀러가자!"

"하식아, 넌 지금 누에 모습을 하고 있어."

"……그래도 친구들이 보고 싶단 말이야."

"친구들이 널 알아보겠어?"

"못 알아보겠지……."

막내 하식이는 소쿠리의 운두에 턱을 괸 채 금세 시무룩해졌다. 건식은 검지로 하식이의 머리를 살살 쓰다듬어주었다. 어느덧 산골짜기의 봄날이 저물어가고 있었다. 누에로 변한 가족들은 모처럼의 바깥나들이에 얼굴빛이 밝았지만 건식은 그렇지가 않았다. 머릿속이 점점 복잡해질 뿐이었다. 고치 속에 갇혔다가 밖으로 나왔지만 더 큰 고치 속으로 들어갔다는 생각이 지워지지 않았다. 눈에는 보이지 않지만 자글자글한 주름들이 생각의 칸칸마다 들어차 있는 것 같았다. 모란은 붉은 꽃잎을 활짝 벌린 채 햇볕을 쬐고 있건만…….

"종다래끼 가져와라."

아버지가 건식의 마음속에 물방울처럼 매달려 있는 근심을 흔들었다.

"그건 뭐하게요?"

"가져와보면 안다."

물고기 잡을 때나 밭에 씨앗 뿌릴 때 사용하는 종다래끼는 외양간 벽에 걸려 있었다. 건식이 종다래끼를 가져오자 아버지는 거기에 뽕잎을 채우라고 했다. 건식이 뽕잎을 모두 채우자 아버지는 가족들을 소쿠리에서 종다래끼로 옮겨줄 것을 요구했다. 건식은 꼬물거리는 네 마리의 누에를 손가락 두 개를 이용해 종다래끼로 옮겨 담았다.

"밭에 가보자."

건식은 그제야 아버지의 의중을 깨달았다. 종다래끼는 소쿠리와 달리 끈이 달렸기에 어깨에 멜 수 있어서 바깥나들이에 용이했다. 건식은 종다래끼를 오른쪽 어깨에 걸고 집을 나섰다. 모란의 꽃잎이 제 무게를 이기지 못하고 뚝뚝 떨어지는 마당을 떠나서.

"좋구나!"

아버지가 탄성을 내질렀다.

"떨어지지 않게 조심하세요!"

밭은 집 뒤의 골짜기를 따라 개울 양편에 붙어 있었다. 아카시아 꽃이 만발한 봄날이었다. 찔레나무 역시 흰 꽃들을 마치 봉분처럼 둥글게 피워놓았다. 그뿐만이 아니었다. 개울 옆으로는 자잘한 물봉선화가 매달려 쫄쫄거리며 흘러가는 물결에 발바닥을 담그듯 흔들거렸다. 물속에는 자그마한 물고기들이 떼를 지어 쏘다니고. 건식은 동생들을 위해 종다래끼를 물 가까이 가져가 보여주었다. 여동생 예식이가 탄성을 내질렀다. 그 소리에 놀랐는지 무당개구리 한 마리가 풀숲에서 개울 속으로 풀쩍 뛰어들었다. 어린 물고기 떼가 흩어졌다.

"개구리가 나보다 커!"

무당개구리는 당연히 누에로 변한 예식이보다 컸다. 엄마는 물봉선화 냄새를 맡으려고 코를 홍홍거렸다.

"향기가 좋구나!"

"그만 놀고 이제 밭에 가자!"

건식은 가장 가까이에 있는 감자밭으로 향했다. 감자는 이제 막 싹을 틔운 상태였다. 밭고랑을 따라 천천히 걸었고 엄마와 아버지는 종다래끼 안에서 머리를 내민 채 싹을 틔운 감자의 상태를 살폈다. 간혹 싹이 나와야 할 자리에 흙만 덮여 있으면 건식에게 위치를 알려주고 손으로 흙을 조금만 파헤쳐 보라고 했다. 그러면 놀랍게도 정확히 그 자리에 감자의 싹이 고개를 내밀고 있었다.

"거봐, 내가 뭐랬어. 씨를 너무 깊게 묻는다고 했잖아."

"나올 때 되면 다 나와요."

"하루 먼저 나오는 게 얼마나 중요한지 알아?"

"다 거기서 거기예요."

아버지와 엄마의 갑론을박을 들으며 감자밭을 지나고 비탈진 옥수수밭과 콩밭을 차례차례 돈 뒤 비탈밭 가운데에 있는 널따란 바위 위에 종다래끼를 내려놓았다. 건식의 집은 지붕만 보이고 그 너머 건넛마을이 한눈에 내려다보이는 자리였다. 멀리서 바라보는 마을은 평화로워 보였다. 산과 들에는 꽃들이 피어 있었고 보이지 않는 곳에서 산비둘기와 뻐꾸기가 짝을 찾으려고 우는 봄날이었다.

"……걱정이다."

아버지의 목소리에는 힘이 없었다.

"뭐가요?"

"우리가 사람으로 돌아가지 못하면 어쩌지……."

"설마 그러겠어요."

엄마의 목소리에도 평소와 달리 힘이 실려 있지 않았다. 건식은 먼 산으로 시선을 돌렸다.

"……이게 다 꿈이었으면 좋겠다."

건식은 아버지의 말을 듣고 눈을 감았다. 감은 눈이 뜨끈하게 젖어가고 있었다.

21

그렇지만 이것은 따스한 이야기다.

22

누에들은 이제 거의 대부분 고치 속으로 자취를 감췄다. 눈을 가까이 가져가 들여다봐야 고치 안에서 어른거리는 누에의 모습이 희미하게 보였다. 고치를 짓다가 병에 걸려 죽어버린 누에들도 더러 있었다. 죽어버린 누에들은 그때그때 화단에 묻어버린 터라 그 자리엔 토해내다 만 명주실만 바늘 같은 소나무 이파리에 이리저리 걸려 있었다. 그 명주실엔 죽은 누에에서 흘러나온 진액이 배어 있어 왠지 이상한 기분이 들기도 했다. 하지만 대부분의 누에들이 건강하게 살아남아 고치를 짓고 그 속으로 들어갔기에 흐뭇한 기분 역시 감출 수 없었다. 비록 알에서부터 시작해 기른 건 아니었지만. 어린 시절 이후 아주 뒤늦게 누에를 다시 만난 게 후회스러울 정도였다. 건식은 잠실에 누워 팔베개를 한 채 소나무 가지에 열매처럼 주렁주렁 매달려 있는 고치들을 하나하나 독사진 찍듯 계속 바라보기만 했다. 누에들이 너무 빨리 고치 속으로 자취를 감춰버리는 게 서운하다는 표정으로.

"이제 쟤들은 어떻게 되는 거야?"

아침에 출근하기 전 아내가 물었다.

"번데기가 되어 고치 속에서 잠을 자는 거지."

"언제까지?"

"……길면 이 주 정도."

"그러다 나방으로 변하면 고치에서 나오는 거야?"

"그렇지."

아내는 벽에 걸려 있는 달력을 보며 계산하고 있는 것 같았다. 건식도 달력을 쳐다보았다.

"그 다음엔?"

"교미를 하고 알을 낳으면 모두 죽어."

"……그때까지 다 지켜볼 거야?"

"고민 중이야."

"뭘?"

"고치에서 명주실을 얻을 것인지 아니면 실을 포기하고 누에 씨를 받을 건지."

"씨를 받아서 뭐할 건데?"

"글쎄……."

"당신, 설마 앞으로 누에 키울 생각하는 건 아니지?"

"누엘 키워?"

"미리 말하는데 난 절대 반대야!"

누에씨를 받아 내년부터 누에를 친다. 누에를…… 그동안 한 번도 생각해 보지 않았다는 게 신기할 정도였다. 건식은 잠실 에 누워 아침에 아내가 미리 짐작하고 던져놓은 말을 곱씹었 다. 원래 계획은 수작업을 해서라도 고치에서 직접 명주실을 뽑 아보고 싶었다. 그런데 걸리는 게 있었다. 좋은 명주실을 얻으 려면 고치 속의 번데기가 나방으로 변하기 전에 죽여야만 했다. 인간들에게는 고치가 비단의 원재료지만 누에번데기에겐 누에 나방으로 변하기 전까지 천적으로부터 자신을 보호하기 위한 집이었다. 문제는 인간들이 번데기가 나방으로 변할 때까지 기 다려줄 수 없다는 점이다. 나방으로 탈바꿈하면 곧장 침으로 고치를 녹여 구멍을 뚫고 밖으로 나가는데 그러면 고치에 심각 한 손상이 생긴다. 명주실에. 그래서 어쩔 수 없이 고치를 뜨거운 물에 삶아 번데기를 죽이는 거였다. 건식으로선 얼마 되지 않는 명주실을 얻기 위해 번데기를 죽이는 일이 왠지 달갑지 않아 그것에 대해서만 고민하고 있었는데 아내의 말을 듣고서야 생각지도 못했던 방의 문이 벌컥 열린 것이었다.

건식은 누웠던 자리에서 벌떡 일어나 거실의 책장으로 갔다. 그동안 몇 권 구입했던 누에와 관련된 책을 다시 펼쳤다. 컴퓨터를 켜고 누에에 관련된 사이트들을 빠른 걸음으로 돌아다녔다. 그동안 건식이 막연하게 알기로는 우리나라의 양잠업은 중국의 값싼 명주실이 대량으로 공급됐기에 경쟁력을 잃고 사양길에 접어든 것이었다. 그런데 조금 차이가 있었다. 한때 총수출의 10퍼센트를 차지하던 잠업은 나라에서 산업구조를 농업에서 중화학공업으로 바꾸는 등 산업화의 여파로 몰락했다는 게 더 비중 있는 이유였다. 농사를 짓던 사람들이 돈을 더 벌 수 있는 도시와 공장으로 대거 이동했다는 게 맞는 얘기였다. 오죽하면 유행가요의 가사에도 나오지 않는가. 뽕을 따던 처녀들은 서울로 갔다고. 처녀들만 간 게 아니었다. 총각들도 학교를 졸업하기 무섭게 하나둘 공장으로 달려갔다. 그리고 그들은 돌아오지 않았다. 명절이나 되어야 수돗물을 먹어 얼굴이 하얗게 변했다고 말하며 시골로 돌아왔다가 다시 떠나갔다. 그렇게 한동안 고사 위기에 몰렸던 잠업은 누에분말이 약제로 개발됨에 따라 최근 다시 명맥을 이어가고 있는 모양이었다. 건식은 오전 내내 누에 관련 사이트를 오가며 요즘 누에들의 살림살이가 어떠한지를 두루 훔쳐보았다. 그리고 고개를 끄떡였다.

앞으로 누에를 치는 게 어떨까 고민하고 있어.

건식은 아내에게 문자를 보냈다. 사실은 고민이 아니라 이미 결정을 내린 상태였다. 아내는 즉각 답신을 보내왔다.

반대!

이거 전망이 밝은 일이야. 내가 잘 아는 일이기도 하고.

나는 우리 집이 누에들 집으로 변하는 거 싫어.

걱정 마. 텃밭에 비닐하우스를 짓고 거기에서 키울 거야.

……나중에 직접 얘기 해.

이렇게 다시 누에를 만난 게 기뻐, 나는.

나는 당신이 누에로 변한 거 같아 징그러워!

나는 변함없이 사람이야. 당신을 열렬히 사랑하는 남자고.

아이고! 입술에 침 바르세요!

이미 발랐어.

양잠 관련 책을 들고 건식은 잠실로 들어갔다. 누에 사이트들을 둘러본 결과 양잠은 전망이 그리 나쁘지 않았다. 고치를 생산하고 더불어 익은누에로 약제까지 생산할 수 있었다. 가격도 안정적이어서 잠실을 짓고 시간을 두고 뽕나무만 확보한다면 크게 문제될 게 없어 보였다. 물론 한 일 년은 산뽕나무를 찾아다녀야 하겠지만 요즘은 누에 기르는 집이 거의 없어 품만 팔면 뽕잎 확보하는 건 어려운 일이 아닐 것 같았다. 건식은 잠실에 누워 풀솜 안에서 점점 윤곽이 잡혀가는 고치들을 바라보다가 눈을 감았다. 잠이 스르르 밀려오는 시간이었다.

눈을 감자 아주 멀리에서 건너왔음이 분명한, 누에들이 뽕잎을 갉아먹는 소리가 파도소리처럼 귓전을 적시기 시작했다. 건식은 그 소리의 물결 위에 몸을 올려놓고 물결이 일렁이는 대로 내버려두었다. 어쩌면 여기까지 오기 위해 그 모든 옛날이 있었다는 생각이 물살에 스르르 퍼져나갔다. 직장에서 해고된 것도 더 늦으면 누에들을 만나지 못할지도 모르기 때문에 벌어진 일일지도 모른다는 생각이 물결을 타고 휘청 넘어갔다. 그 밤, 원주의 재래시장에서 누에들을 만나지 않았다면 어떻게 되었을까. 꼭 그렇지는 않겠지만 엄마, 아버지, 예식이, 하식이를 더 많이, 아니 어쩌면 영영 잃어버릴 수도 있었겠다는 생각이 힘을 다 소비한 물수제비의 납작한 돌처럼 물결 아래로 서서히 가라앉았다. 그리고…… 그리고 또 무엇이 누에들의 뽕잎 갉아먹는 소리를 닮은 물결 위로 번져나가고 물속으로 가라앉고 있는 지 건식은 눈을 두리번거렸다. 그때마다 물결 위에서 몸이 공처럼 둥실둥실 이리 밀리고 저리 밀렸다. 어린 시절에 살던 산골짜기 마을이 저 앞에서 출렁거리다가 사라졌다. 친구들의 얼굴은 뜬구름처럼 물 위에서 일렁거리다가 자잘한 물거품으로 부서졌다. 그러고 보니 고향에 언제 찾아갔는지, 아니 그 근처라도 지나간 게 언젯적 일인지 감감했다. 고향 쪽에서 오는 모든 사람들과 연락들을 차단해 버린 것도 오래 전 일이었다. 천애고아처럼, 아니 진짜 천애고아가 되어 살아온 날들이었다. 건식은 다시 주변을 두리번거렸다. 그래! 아내와 아들이 저편에서 활짝 웃으며 둥실둥실 떠다니고 있었다. 건식도 활짝 웃으며 두 사람에게 다가가려고 두 손을 휘저었다.

"아빠?"

건식은 실눈을 뜨고 천천히 꿈에서 빠져나왔다. 학교에서 돌아온 아들의 모습이 점점 또렷하게 드러났다. 아들은 마치 누에연구원이라도 되는 것처럼 소나무 섶에 자리를 잡고 있는 고치들의 상태를 꼼꼼하게 살피고 있었다. 돋보기까지 준비한 채.

"……언제 왔어?"

"조금 됐어요. 근데 아빠, 누에들이 불쌍해요."

건식은 일어나 앉았다. 꿈속의 풍경들은 바퀴벌레처럼 재빠르게 흩어졌다.

"……왜?"

"너무 짧게 사는 것 같아서 불쌍해요. 사십오 일은 너무 짧아요."

"……사람 눈으로 보니까 짧은 거겠지. 누에는 그렇게 생각하지 않을지도 몰라."

"하지만…… 얘들은 이제 살날이 얼마 남지 않았잖아요."

아들은 안타까운 눈으로 고치들을 바라보았다. 언젠가 건식도 비슷한 심정으로 고치들을 바라본 적이 있었다. 눈물을 글썽이며.

"대신에 누에나방들은 알을 많이 낳고 사라지잖아. 사람으로 치면 자식들이고."

"그건 알아요."

"너는 왜 누에가 좋아?"

건식은 진심으로 아들의 속내가 궁금했다. 아들은 대답을 미룬 채 돋보기를 들고 다시 고치들을 살폈다. 왠지 그 둥근 볼록 렌즈 속엔 고치 속에서 오롯이 잠들어 있는 번데기가 보일 것만 같아 건식도 갑자기 궁금해졌다. 아이들의 상상력은 한마디로 말해 울타리가 없었다. 그 상상력을 가지치기하고 울타리 안으로 들어오라고 하는 건 어처구니없게도 가장 가까이 있는 부모와 학교였다. 건식은 자리에서 일어나 아들 옆으로 다가갔다.

"뭐가 보여?"

"아빠, 이 고치는 왜 이렇게 생겼어요?"

실북처럼 생긴, 고치 두 개가 붙어 있는 모습은 마치 자그마한 아령을 보는 것 같았다. 쌍고치였다. 어렸을 때 많이 본 적이 있었다. 아니…… 건식이 마지막으로 눈물을 글썽이며 본 고치가 바로 쌍고치였다.

"……번데기 두 마리가 들어있어. 그래서 이렇게 생긴 거야."

"같이 사는 거네요?"

건식은 고개를 끄덕였다.

"누에들은 참 착해요. 그래서 누에가 좋아요."

착한 누에들…… 건식은 아들의 머리를 쓰다듬어주었다. 아들의 말을 듣고 보니 정말 그런 것 같았다. 지난 세월 동안 한 번도 누에가 착하다고 생각한 적이 없었다는 게 맞았다. 누에는 집에서 기르는 가축도 아니고 밭에서 자라는 농작물도 아닌 매년 봄날 잠자고 공부하는 방을 빼앗고 동네 아이들과 공차며 놀 수 있는 주말도 빼앗는 징글징글하게 생긴 곤충일 뿐이었다. 가족들이 누에로 변하기 전까진 그런 존재에 불과했던 누에들이 세월이 흘러 아들에게 와서 착한 누에로 변한 것에 대해 건식은 납득하기 힘든 어떤 얼떨떨한 기분과 직면할 수밖에 없었다. 그런데 정말 누에는 착한 것 같았다. 여러 가지 음식을 탐하지 않고 오로지 뽕잎만 먹고, 평생(평생이라야 45일 가량이지만) 다섯 번밖에 잠을 자지 않고, 성격과 식성이 까다롭다고 하지만 달리 보면 대단히 정결한 곤충임에 분명했다. 그렇기 때문에 비단이라는, 세상에서 가장 아름답고 부드러운 천을 직조하는 명주실을 뽑아낼 고치를 만들 수 있는 것이었다. 물론 이 모든 게 인간들의 입장에서 본 것이겠지만. 누에는 그저 알에서 깨어나 뽕잎을 먹고 잠을 자고 고치를 짓고 번데기에서 나방으로 변해 교미를 마친 뒤 알을 낳고 죽는 그런 반복을 되풀이하는 곤충일 뿐이었다. 하지만 인간의 입장이라지만 그 과정에서 나온 비단이라는 것은 결코 가볍게 볼 수 없는 그 무엇이었다. 비단. 인간들은 한동안 귀중한 물건과 정신적인 것 앞에 최상의 미사여구로 비단을 붙이는 일을 마다하지 않았다. 비단구두, 비단 보자기, 비단 방석, 비단 같은 손, 비단 가난, 비단 옷, 비단결 같은 마음…… 착한 누에들이 만든 고치에서 나온 실이, 방직기를 거쳐 천으로 변해 연출한 아름다운 결과물들이었다.

"산에 가자."

"산엔 왜요?"

"뽕나무가 어디 어디 있는지 알아보려고."

아들은 고치 속으로 들어간 누에도 뽕잎을 먹느냐는 듯 의아한 표정을 지었다. 아니면 고치를 뚫고 나온 누에나방이?

"내년부터 아빠는 본격적으로 누엘 키울 예정이다. 그래서 뽕나무가 어디에 있는지 알아보려는 거야."

"진짜요?"

건식은 아들과 함께 간편한 등산복장을 하고 집을 나섰다. 치악산의 여러 자락 중 하나가 뻗어나온 곳의 끝자락에 집이 자리하고 있어 골짜기를 따라 이어진 길을 따라가면 되었다. 주말이면 산책 삼아 한가롭게 걷던 길이었는데 왠지 다른 길을 걷는 것 같아 건식은 기분이 묘해졌다. 왜 그런지 한참을 짚어보다가 비로소 알아차리고 헛기침을 했다. 건식은 오직 뽕나무만을 찾고 있었던 것이다. 아주 익숙한 길이었는데도 무엇을 찾느냐에 따라 전혀 다른 길로 보이는 게 새삼 신기할 정도였다. 몇 그루의 산뽕나무를 발견한 다음부턴 아예 다른 나무들은 눈에 들어오지 않았다. 마치 아내를 처음 만나 가슴이 두근거리는 연애를 시작했을 때처럼…….

"근데 아빠, 엄마가 허락했어요?"

"허락할 거야."

"그랬으면 좋겠어요."

"야, 뽕나무가 의외로 많네!"

크고 작은 산뽕나무는 골짜기의 계곡을 따라 십여 미터마다 한 그루씩 자라고 있었다. 예상했던 것보다 훨씬 많았다. 어림잡아도 누에 반 장 정도는 충분히 칠 수 있을 것 같았다. 물론 나무가 크고 험한 비탈에서 자라고 있어 나무에 올라가 뽕잎을 따는 게 다소 힘들겠지만 다른 경쟁자가 없는 건 그나마 다행이었다. 건식은 아들에게 뽕나무의 위치를 기억하라고 일일이 일러줬다. 아들은 얼마 지나지 않아 다른 나무들 속에 숨어 있는 뽕나무를 먼저 찾아내 건식에게 알려줄 정도가 되었다.

"아빠, 할아버지 뽕나무예요!"

아들이 뛰어와 건식을 끌고 가 가리킨 곳에는 그동안 본 뽕나무 중에서 가장 큰 뽕나무 한 그루가 서 있었다. 마치 관공서 마당에서 자라는 오래된 느티나무처럼 생긴 뽕나무였다. 자리로 보아 예전에 화전민들의 집이 있었던 곳이었다. 건식은 아들과 함께 딸기나무 덤불을 헤치고 우람한 뽕나무 아래로 가서 하늘을 가리고 있는 뽕나무를 올려다보았다.

"진짜 할아버지 뽕나무네!"

"아빠, 이건 제가 발견한 거예요!"

"그래! 야…… 이 뽕나무 하나면 누에 이만 마리는 키우겠다."

"이만 마리?"

사방으로 가지를 쭉쭉 뻗고 있는 뽕나무의 뽕잎들마다 누에들이 주렁주렁 매달려 있는 것만 같았다. 아들은 한 아름, 두 아름, 뽕나무 줄기를 껴안으며 둘레를 재었고 건식은 뽕나무 그늘 아래에 앉아 생각에 잠겼다.

23

"아직도 안 왔다고?"

윗마을 아저씨는 지게에 뽕나무 가지를 산처럼 지고 와 마당에 내려놓았다. 건식이 산에 가서 잘라온 뽕나무 가지보다 열 배나 더 많아 보였다. 어른은 어른이었다. 건식이 더 이상 뽕잎을 구하려 지게를 지고 산으로 가지 않아도 될 만큼 많은 양이었다. 지난번처럼 술에 취해 있지도 않았다. 건식은 그 뽕나무 가지를 햇볕이 들지 않는 정지로 한 아름씩 안아서 날랐다. 그 사이 아저씨는 잠실의 누에들을 둘러보고 나왔다.

"너희 외갓집 전화 없냐? 있으면 내가 우체국 가서 한번 연락해 볼 테니."

"전화 없어요."

"니가 모르는 무슨 다른 일이 생긴 거 아니냐?"

"예?"

"아, 아니다. 그래, 인편에 연락도 없고?"

건식은 고개를 끄덕였다.

"……거참!"

"아저씨, 저번에 보니 아줌마 얼굴이 퍼렇게 멍들었던데 어디 아프신가요?"

"어? 아, 그거. 원래 여편네들이란 가끔씩 때려줘야 정신 차린다."

"아저씨가 때렸다고요?"

"나만 그러는 게 아니라 남정네들은 다 그런다. 그래야 집안이 별 탈 없이 굴러가는 법이다."

"잘못한 게 없는데도 때려요?"

"니는 아직 어려서 얘기해 줘도 모른다. 가만, 내가 지금 애한테 무슨 소릴 하는 거야. 그만 가마. 아참, 누에들한테 무슨일 있음 바로 연락해라."

윗마을 아저씨는 빈 지게를 지고 서둘러 마당을 나섰다. 뭔가 꺼림칙한지 몇 번이나 되돌아보며. 건식은 대문 옆에 서서 삽사리의 머리를 쓰다듬어주며 아저씨의 모습이 사라질 때까지 지켜보다가 누에로 변한 가족들이 있는 잠실로 들어갔다.

"……갔어요."

"……."

"엄마, 아버지? 저 힘들어요."

"……."

"이제 그만 사람으로 돌아오세요."

"……."

"……왜 말을 안 하세요? 제 목소리가 안 들려요?"

"……."

"하식아? 예식아?"

"……형, 엄마 아빠 기분 안 좋아."

엄마와 아버지 사이에 나란히 있던 하식이와 예식이가 훌쩍거렸다. 엄마와 아버지는 등을 돌린 채 서로 다른 곳을 바라보고 있었다. 건식은 나무 문틀에 기대앉았다. 누에로 변해 있는 가족들이 말을 하지 않는다면, 다른 누에들 속에 섞여버린다면 누가 엄마고 누가 아버진지 그리고 누가 동생들인지 전혀 구분할 수 없을 거란 생각이 들었다. 모두 똑같이 열세 개의 마디에 검은 무늬가 있었다. 얼굴도 똑같았다. 잿빛 승복을 입은 듯한 피부색도 모두 동일했다. 말하지 않는다면, 말하지 못한다면 그 냥 누에일 뿐이라는 생각도 뒤따랐다. 건식은 문틀을 뒤통수로 툭툭 치며 입을 열었다.

"엄마, 아버지…… 우리 가족은 어디로 가는 걸까요."

"……건식아?"

아버지였다.

"우리가 도와주지 못해서 미안하다. 힘들겠지만 당분간 누에 를 잘 돌봐야 한다. 그게 지금 니가 전념해야 할 일이야. 우리가 어디로 가는지는 아무도 모른다. 다른 사람들도 모른다. 그걸 알면 사람이 아니라 신이다. 우리는 그냥 지금에 충실하면 된 다. 누에로 변한 우리야 종일 뽕잎 갉아먹는 게 전부라 힘들지 않지만 니는 많이 힘들 거다. 우리가 왜 그걸 모르겠냐. 하지만 우리가 누에로 변하고 싶어서 변한 것도 아니고 그건 니도 마 찬가지다. 나중에 어떻게 될지는 모르겠지만 중요한 건 지금이 다. 지금 신세타령이나 하며 한숨만 쉬면 그게 곧 나중의 지금 이다. 세상 사람들도 모두 정도 차이는 있겠지만 각자 말 못할 사정 하나쯤은 있을 게다. 거기에 휩쓸리면 나중에도 똑같은 일에 휩쓸린다. 그러니 쓸데없는 감정에 왔다갔다하지 말고 눈 앞에 닥친 일을 해. 내가 볼 땐 그게 가장 좋은 지금이고 또 바람직한 나중으로 가는 길이야."

"……그럴게요."

"하루 세 끼 꼭꼭 챙겨 먹고."

엄마의 말에 건식의 볼로 뜨거운 눈물이 주르륵 흘러내렸다. 엄마의 표정은 단호했다.

"지금은 니가 우리 집 가장이다. 그걸 명심해."

"저기…… 지금이라도 친척들에게 알려야 하지 않을까요?"

"뭘?"

"엄마, 아버지, 예식이, 하식이가 누에로 변했다는 걸요."

"알리지 마라. 그런다고 해서 달라지는 건 없어. 놀림감밖에 안 된다. 만약에 우리가 병원에 간다고 해서 뭐가 달라지겠니. 의사가 우릴 사람으로 되돌릴 수 있겠냐? 절대 그럴 수 없다. 의사가 무슨 요술쟁이냐? 지금 이대로 가는 수밖에 없다. 우리도…… 많이 생각해 보고 내린 결론이다. 안타깝지만 지금 이대로가 최선이다."

엄마는 결연한 표정을 지었지만 동생들은 울상이었다. 건식은 동생들의 생각을 눈치 챘지만 달리 방법이 없었다. 답답한 공기만 잠실 안에 꽉 들어차 있었다.

"그만하면 이제 됐다. 오늘은 산에 가서 섶으로 쓸 소나무 가질 베어와. 니 힘으론 한 네 지게는 해야 할 거야."

건식은 아버지의 말에 밀려 잠실에서 나왔다. 밖은 미치도록
환했다.

지게를 지고 뒷산에 올라간 건식은 잔디에 덮여 있는 산소
옆에 앉아 땀을 닦았다. 바람이 불면 벚나무에서 화사한 꽃잎
이 눈발처럼 산소 위로 흩날렸다. 저 아래 비탈밭이 끝나는 곳
에 자리한 건식의 집은 색이 바랜 빨간색 함석지붕만 보였다.
가장이라니…… 아직 중학생인데 가장이라니. 오늘 엄마 아버
지의 말은 왠지 조금 이상했다. 마치 다시 사람으로 돌아오는
게 불가능하다고 판단한 것만 같은 말투였다. 엄마, 아버지 몰
래 지금이라도 사람들에게 가족들이 누에로 변했다고 알려야
하지 않을까…… 건식은 헝클어진 철사다발이 가득 들어차 있
는 듯한 머리를 벅벅 긁었다. 하지만 대체 누가 믿어줄 거란 말
인가. 아니, 누에가 사람 말을 하는 걸 직접 들으면 믿지 않을
까. 하지만 그런다고 한들 엄마 말대로 달라지는 건 없을 것 같
았다. 곧 누에들은 고치를 지으러 섶에 오른다고 한다. 그럼 엄
마와 아버지, 동생들도? 고치를 모두 지으면 그 안에서 번데기
로 변하고, 다시 나방으로 변해 나오는 게 누에의 생이다. 그리
고 교미를 끝내면…… 지금 누에들은 45여 일의 일생 중에서

하반기로 향하고 있으니…… 건식은 뒷자리에서 벌떡 일어났다.

낫을 들고 소나무에 올라간 건식은 적당한 크기의 가지를 잘라 아래로 떨어트렸다. 바람이 불면 나무는 천천히 흔들렸는데 떨어지지 않으려고 한쪽 손으로 다른 가지를 꽉 움켜잡았다. 떨어지면 최소한 다리나 팔이 부러질 높이에 올라가 있었기에 밑을 내려다보면 두 다리가 후들후들 떨렸다. 손이 닿는 곳의 가지를 모두 자르면 한 칸 더 소나무 위로 올라가야만 했는데 당연히 줄기와 가지는 더 가늘어졌다. 소나무 꼭대기에는 더 센 바람이 불었고 나무는 더 크게 흔들렸다. 건식은 아예 한쪽 팔로 소나무 줄기를 꽉 휘감은 채 일을 했다. 얼굴에서 땀이 줄줄 흘러내리는 것도 닦지 못한 채. 가지 끝까지 가면 더 많은 양의 가지를 자를 수 있었지만 그것은 위험했다. 그래도 한번 올라왔으니 한 지게 분량을 채우는 게 좋았다. 나무를 내려가 다른 나무에 또 올라간다는 것은 힘도 들었고 비효율적이었다. 그 판단이 건식의 발과 손을 가지 끝으로 조금씩 움직이게 만들었다. 발은 아래의 가지를 딛고 손은 위의 가지를 잡은 채 10여 미터가 넘는 소나무 위에서 낫질을 했다. 아버지라면 손쉽게 해결할 일이 중학생인 건식에게 넘어오니 산 넘어 산이 아니라 바람 힝힝 부는 소나무 꼭대기였다. 건식은 자를 수 있는 가지는 모두 자른 뒤 낫을 아래로 던져놓고 내려오다가 소나무의 중간쯤 앉기 편한 가지에 엉덩이를 걸치고 앉아 땀도 훔칠 겸 휴식을 취했다. 나무 아래에는 건식이 잘라낸 소나무 가지들이 꽤 많이 흩어져 있었다. 두 지게는 나올 것 같았다. 손목시계를 확인하니 소나무에 올라가 한 삼사십 분은 있은 것 같았다. 건식은 가지를 딛고 내려와 마지막 가지에서 마른 솔잎들이 깔려 있는 땅 위로 풀쩍 뛰어내렸다.

"……신기하네."

지게 가득 소나무 가지를 올려놓고 떨어지지 않게 밧줄로 단단하게 묶던 건식은 갑자기 손을 놓고 소나무 그루터기에 걸터앉아 자신이 올라갔던 나무 위를 한참이나 쳐다보았다. 나무 아래에선 시시각각으로 밀려오는 고민과 걱정, 한숨이 나무 위에선 전혀 없었다는 걸 비로소 알아차렸기 때문이었다. 알다가도 모를 일이었다. 뒤로 젖힌 목이 아파오자 건식은 특이한 것은 아무것도 없는 소나무 가지 위에 올려놓았던 시선을 끌어내렸다. 받쳐놓은 지게 아래로 들어가야 할 시간이었다. 네 번이나 집과 산을 오르내릴 생각을 하니 한숨이 절로 나왔다. 너무 많이 실어서 넘어지지 않고 산비탈을 제대로 내려갈 수 있을지도 걱정이었다. 소나무 가지는 뽕나무 가지보다 몇 배나 무거울

게 뻔했다. 그러고 보니 크기만 생각했지 무게는 전혀 고려하지
않았다는 걸 뒤늦게 알아차렸다.

"아이고—!"

지게 멜빵을 두 어깨에 걸고 괴어놓았던 지팡이를 살짝 빼
자 큰 바위가 등을 누르는 듯했다. 신음이 터져나오지 않을 수
가 없었다. 굽혔던 한쪽 무릎을 펴는데 두 다리가 용수철처럼
부르르 떨렸다. 일어나는 것은 간신히 성공했지만 비틀거리다
몇 걸음 떼지 못하고 건식은 뒤로 벌렁 나자빠졌다. 지게와 함
께 산비탈로 내리구르지 않은 것만 해도 다행이었다. 무게도 무
게이려니와 소나무 가지를 실을 때 균형도 제대로 맞추지 않은
탓이었다. 뒤로 나자빠진 건식의 입에서 욕설이 쉬지 않고 흘러
나왔다. 욕설이 동나자 건식은 껑껑 울음을 토해놓았다.

"예식아, 그 노래 불러줄래?"

섶으로 쓸 소나무 가지를 지고 집에 도착한 건식은 곧바로
잠실에 들어가 벌러덩 누워버렸다. 진이 다 빠진 것 같았다.

"무슨 노래?"

"저번에 정지에서 뽕 따며 불렀던 노래."

"……고향초? 엄마 불러도 돼요?"

"오빠가 오늘 일하느라 힘들었으니까 불러줘."

예식이가 노래를 불렀다. 예식이의 목소리는 구슬펐다. 예식이의 노래는 가냘팠다. 예식이가 부르는 노래는 슬펐다. 잠실에 드러누운 건식의 감은 눈꼬리를 타고 눈물이 주르륵 흘러내렸다. 뽕을 따던 아가씨들이 서울로 가는 장면이 눈앞에 보이는 것만 같았다. 주체할 수 없는 눈물이 흘렀지만 갑자기 어른이 된 느낌도 들어 어깨에 힘이 몰렸다. 예식이는 3절까지 모두 부르고 노래를 마쳤다. 노래를 부른 예식이도 건식이 보기엔 초등학생이 아니라 뽕을 따다가 취직해서 서울로 가는 다 큰 처녀가 된 것만 같았다.

"예식아, 노래 잘 들었어!"

"오빠, 어디 가?"

"산에 가서 소나무 가지 한 지게 더 지고 와야 돼."

잠실의 누에들은 상반신을 치켜든 채 이리저리 흔들고 있었다. 고치를 지으려 한다는 신호였다. 그때 마당에서 삽사리가 짖었다. 또 누가 집으로 찾아오는 모양이었다. 건식은 아무 말이 없는, 급격히 어두워진 표정의 엄마, 아버지를 뒤로한 채 잠실에서 나왔다.

24

"정말 누엘 키울 거야?"

"다시 누에를 만난 건 행운인 거 같아."

"엄마, 나도 찬성이야."

"두 부자가 단단히 뭉쳤구나!"

세 사람은 잠실에서 고치를 따는 중이었다. 건식은 아내에게 누에 농사에 대해 설명을 했다. 봄누에와 가을누에 치기. 잠실로 쓸 비닐하우스. 산 속의 뽕나무와 앞으로 집 주변에 심게 될 뽕나무. 그리고 판로에 대해. 아내는 고개만 끄덕거렸다. 풀솜에 싸여 있는 하얀 고치들은 앙증맞았다. 옛날엔 고치를 모두 따면 견면채취기란 게 있어 거기에 넣어 돌리면 풀솜을 깔끔하게 제거할 수 있었다. 마지막으로 그 과정을 거친 뒤에야 비로소 고치를 팔았다. 물론 더 옛날 옛날에는 집에서 직접 고치를 삶고 실도 뽑고 심지어는 천까지 짰다. 재래시장에서 구입한 한 바구니의 누에가 두 바구니의 고치로 변한 걸 보니 새삼 신기했다.

"아빠, 무슨 생각해요?"

"응. 누에가 대견해서."

"제가 봐도 대견해요!"

"내가 봐도 대견하다!"

아내가 말을 거들었다. 세 사람은 누에고치를 가운데에 놓고 둘러앉아 갓 태어난 갓난아기를 바라보듯 흐뭇한 표정을 지었다. 고치를 짓기 전에 죽어버린 누에도 있었지만 더 많은 누에들이 무사히 고치를 짓고 번데기로 변했으니 보면 볼수록 대견하고 기특했다. 더욱이 제대로 시설을 갖추지도 못한 잠실에서 자란 누에들이었기에 더 애틋한 마음이 드는 건 어쩔 수 없었다. 그것뿐만이 아니었다. 건식에겐 실직의 아픔을 달래주었고 결코 떠올리기 싫었던 기억을 불러온 것도 누에들이었다.

"아빠, 이제 뭘 할 거예요?"

"방 청소가 끝나면 고치에 묻어 있는 풀솜을 제거할 거야."

"어떻게요?"

"다 방법이 있다."

"그 다음엔 고치를 어떻게 해요?"

"번데기가 누에나방으로 변해 고치를 뚫고 나올 때까지 기다려야지."

"그 다음엔?"

"나방이 낳는 알을 받아야지. 그 알을 잘 보관했다가 가을에 다시 누에를 칠 거야."

"그럼 이 고치는 버려요?"

"아냐. 나방이 뚫고 나오면 조금 상하기는 하겠지만 고치에서 실을 한번 뽑아볼 생각이야. 가능할지 어떨지 아직은 잘 모르겠지만."

"비단까지 짤 수 있으면 좋을 텐데."

"나도 같은 생각이다. 옛날엔 여자들이 집에서 천을 짰으니까 아주 불가능한 일은 아닐 거야."

"고치 하나에서 실이 얼마나 나오는지 알아?"

아내가 풀솜이 가득한 고치를 손바닥 위에 올려놓고 물었다.

"책에는 약 1,500미터의 실이 나온다고 적혀 있어."

"……긴 거야, 짧은 거야?"

아내가 고개를 갸웃거렸다.

"엄마, 엄청 길어요!"

건식은 아내에게 방 청소를 부탁하고 섶으로 사용한 소나무 가지를 모두 밖으로 내갔다. 얘기를 하는 동안 어렸을 때 본 견면채취기의 형태가 점점 또렷하게 자리를 잡아가고 있었다. 모양은 간단했다. 나무판자 가운데에 굵은 철사를 양쪽으로 가로질러 돌릴 수 있게 설치하는 게 전부였다. 그 위에 고치들을 올려놓고 돌리면 고치의 풀솜이 철사에 감겨 함께 돌아가고 다 감기면 매끈한 고치만 판자 밖으로 떨어졌다. 어쩌면 만들 수 있을 것 같았다. 사라졌던 기억이 되살아나는 게 새삼 신기했다. 물론 아름다웠던 기억만 떠오르는 건 아니겠지만. 건식은 헛간을 뒤져 적당한 나무판자를 찾았고 집 안 곳곳을 뒤지다가 부서진 시멘트 담장에서 삐죽 튀어나온 굵은 철사를 찾아 펜치로 잘랐다. 못과 망치, 톱이 들어있는 연장통을 들고 마당의 평상에 주저앉은 건식은 준비한 재료들을 꼼꼼하게 들여다보며 머릿속으로 설계도를 그렸다. 어린 시절 견면채취기를 돌리는 건 동생들의 몫이었다. 동생들은 그 일만큼은 일이 아니라 놀이를 하듯 즐거워했다. 돌아가는 철사 위에서 통! 통! 통! 춤추는 것만 같은 고치들을 보는 건 대단히 즐거웠다. 그렇게 춤을 추다가 풀솜이 다 벗겨지면 말끔한 모습으로 다시 통! 통! 통! 튀다가 함지 속으로 들어갔다. 식구들 모두가 흥거운 시간이었다. 풀솜을 모두 벗기면 이제 고치 수매하는 공판장으로 가져가 등급을 매기고 돈으로 교환하는 일만 남았기 때문이었다. 그날 저녁은 식구들이 오랜만에 맛있는 음식을 먹는 날이기도 했다. 그러니 고치의 풀솜을 벗기는 일이 신나지 않을 수 없었다. 마침내 설계를 마친 건식은 톱으로 판자를 잘랐다. 대패가 있으면 좋았으나 없어서 대신 사포로 문질러 표면을 반들반들하게 만들었다. 잠실 청소를 끝낸 아내와 아들이 마당으로 나와 팔짱을 낀 채 건식의 작업을 흥미로운 눈길로 바라보고 있어 덩달아 가슴이 두근거렸다. 철사도 판자의 길이에 맞게 다시 자르고 한쪽 끝을 기역자로 구부려 손잡이를 만들었다. 그 다음엔 펜치로 못을 구부려 고리 모양을 만들어 판자 양쪽 끝에 박았다. 그 두 개의 고리에 철사를 넣고 돌릴 수 있게. 대단히 헐렁해 보이고 간단한 구조였지만 그 활약상을 직접 봐야 비로소 감탄을 자아내게 만드는 기구였다. 아니나 다를까. 아내와 아들이 팔짱을 풀고 한마디씩 던졌다.

"어째 좀 없어 보이네."

"아빠, 이거 장난감 같아요!"

"조금 있다가 이걸로 고치의 놀라운 변신을 보여줄게."

건식은 마지막으로 철사의 손잡이에 테이프를 몇 겹으로 감아 잡기 편하게 만들었다. 이제 성능을 실험해 보는 일만 남았다. 아내와 아들을 앞장세운 건식은 견면채취기를 들고 잠실로 향했다. 과연 고치들이 어떤 춤을 출지 궁금했다.

"자, 시작한다!"

둥근 밥상 위에 견면채취기를 올려놓은 뒤 건식은 그 위에 고치를 한 줌 올려놓았다. 손잡이를 잡은 손이 살짝 떨렸다. 과연 의도했던 대로 될까. 아내는 다시 팔짱을 꼈고 얼굴을 밥상 위로 들이민 아들이 침을 꼴깍 삼키는 소리가 들렸다. 건식은 시계방향으로 손잡이를 천천히 돌렸다. 철사가 돌아가자 철사 주변에서 잔뜩 헝클어진 파마머리를 하고 있던 고치들이 슬슬 움직이기 시작했다. 몇 번을 더 돌리자 철사에 무엇이 돌돌 감기는 느낌이 손으로 전해졌다. 건식은 회심의 미소를 지으며 손잡이를 더 빨리 돌렸다. 고치들이 하나둘 철사 주변으로 끌려왔고 철사 위의 고치들은 통통 튀어오르며 본격적으로 춤을 추기 시작했다. 춤을 격렬하게 출수록, 손잡이를 빨리 돌릴수록 철사는 실패처럼 풀솜을 감아나갔고 드디어 풀솜을 모두 벗은 매끈한 고치가 밥상 아래의 바구니 속으로 톡톡 떨어져 쌓여갔다. 아들과 아내의 탄성이 연이어 터져 나왔다.

"우와!"

"신기한 기구네!"

"고치를 계속 올려놔."

아내와 아들이 번갈아서 고치를 올려놓고 건식은 계속 견면 채취기의 손잡이를 돌렸다. 손잡이는 처음보다 확실히 돌아가는 속도가 뻑뻑했고 무게감이 느껴졌다. 돌아가는 철사가 계속해서 풀솜을 감고 있다는 증거였다. 확인 차원에서 건식은 손잡이를 돌리는 일을 멈추고 채취기 위의 고치들을 치웠다. 과연 풀솜으로 지은 옷을 겹겹이 걸쳐 입은 철사는 익은누에처럼 살이 통통 쪄 있었다. 건식은 아내에게 손짓했다.

"칼을 가져와."

"칼?"

"응. 잘 드는 칼로."

"칼로 뭐하게?"

"이걸 잘라내야 해."

아내가 가져온 칼로 건식은 철사에 두툼하게 감긴 풀솜을 잘라냈다. 철사에 풀솜이 많이 감기면 잘 돌아가지 않기 때문이었다. 건식은 철사에 감긴 풀솜을 벗겨냈다. 세탁을 하면 베갯

잇으로 쓸 수도 있을 것 같았다.

"아빠, 고치가 정말 예뻐요!"

"너무 귀엽다!"

아들과 아내는 풀솜보다 바구니에 담긴, 말끔하게 면도나 이
발을 한 것만 같은 흰 고치들을 만지작거리며 칭찬을 늘어놓느
라 바빴다. 건식은 다시 견면채취기 위에 고치를 올려놓고 손잡
이를 돌렸다. 고치들은 다시 통, 통, 통, 춤을 추고 춤을 다 추고
나면 바구니 속으로 또르르 굴러갔다.

고치들은 견면채취기 위에서 목욕을 하는 것 같았다. 좁쌀만
한 알에서 깨어나 맹렬한 누에의 시절을 거친 뒤 그동안 먹은
뽕잎을 실로 토해내 만든 고치 속으로 번데기가 되어 사라진
누에들. 그 번데기의 집이 풀솜을 걷어내자 눈이 부실 정도로
환한 집으로 변했다. 지중해의 바위 절벽에 자리잡은 흰색 집들
보다 백 배 천 배나 아름다운 집들이었다. 들어가고 나가는 문
조차 없는 둥근 집. 그 둥근 집 안에서 홀로 칩거 중인 번데기
들. 날개가 돈기를 꿈꾸며 마지막 잠을 자는 번데기들. 그 꿈도
온통 희고 환할 것만 같았다. 건식과 아내, 그리고 아들은 바구
니에 가득 들어찬 고치들을 들여다보고 또 들여다보았다. 끊어
지지 않고 계속 이어지는 가느다란 실 같은 어떤 이야기를 닮

은 집을. 그 실의 처음을 찾아내 천천히 감으면 심야의 라디오 연속극처럼 잔잔한 이야기가 흘러나올 게 틀림없었다.

"옛날에 어떤 학자는 누에에 대해서 뭐라고 말했는지 알아?"

누에고치가 들어 있는 바구니를 가운데에 놓고 건식은 아들과 아내에게 누에의 결벽에 대해 들려주었다.

"누에는 통곡하는 소리, 부르짖거나 성내는 소리, 욕지거리, 음담패설을 싫어한다. 불결한 사람이 곁에 다가오는 것도 싫어한다. 부엌에서 칼 쓰는 소리나 대문이나 창문 두드리는 소리 또한 싫어한다. 어디 그뿐인가. 연기도 싫어하고 생선이나 고기 굽는 냄새도 마찬가지다. 누린내, 사향 냄새도 싫어한다.[3]"

"아빠, 음담패설이 뭐야?"

"……야하고 지저분한 얘기."

"그게 뭔데?"

"그건 어른들 얘기니까 넘어가! 크면 알게 돼."

아내가 먼저 대답했다.

"그럼 사향 냄새는?"

"화장품이나 향수 냄새랑 비슷한 거야."

아들은 바구니에 담긴 누에고치를 손바닥 위에 올려놓고 확

---

3) 홍만선(1643~1715), 『산림경제山林經濟』, 「양잠養蠶」 중.

대경으로 꼼꼼하게 들여다보았다. 건식과 아내는 아들의 입에서 또 무슨 엉뚱한 질문이 나올까 생각하며 살짝 긴장했다.

"……누에는 신선 같아요."

25

집 옆 골짜기에서 내려온 마을의 아저씨들이 건식의 집으로 웅성거리며 몰려왔다. 경찰도 그 틈에 끼어 있었다. 아저씨들은 들것을 네 개나 들고 있었는데 누군가 거기에 실려 있는 것 같았다. 마당에 서 있는 건식은 무서웠다. 사방은 온통 환한데 건식의 집으로만 짙은 먹구름이 성큼성큼 다가오는 것만 같았다. 두 다리가 후들거렸다. 저 사람들이 왜 우리 집으로 몰려오는 거지? 가족들이 있는 잠실로 들어가고 싶었지만 그럴 여유가 없었다. 집으로 몰려오는 사람들의 표정은 만화에서나 본 괴물 같았다. 그들이 가까이 오자 삽사리가 맹렬하게 짖기 시작했다. 닭장의 닭들마저 매나 오소리의 습격을 받은 것처럼 요란하게 울부짖었다. 외양간의 소도 구유를 뿔로 들이받으며 울어댔다. 건식은 두 다리가 땅바닥에 붙어버린 것처럼 꼼짝하지 못한 채 멍하니 서 있기만 했다. 마침내 마당으로 들어선 사람들은 들고 온 들것을 마당에 내려놓았다. 그들은 들것을 덮은 가마니를 벗겨냈다. 아버지, 엄마, 예식이, 하식이가 거기에 누워 있었다. 건식은 눈을 감았다. 눈을 감았지만 눈을 뜬 것보다 더 선명하게 가족들의 얼굴이 보였다. 왜 가족들이 들것 위에 누워 있는 거지? 누에로 변한 잠실의 가족들은? 건식은 누에로 변한 가족들이 있는 잠실로 도망치려고 했지만 발이 떨어지지 않았다. 대체 이게 어떻게 된 일이란 말인가. 장거리처럼 바삐 움직이는 사람들 속에서 건식은 아무 말도 하지 못한 채 우두커니 들것 위의 가족들만 바라보았다. 뭐라고 말하려 했지만 한마디 말도 나오지 않았다. 사람들이 건식에게 말을 걸어도 마찬가지였다. 돈을 빌려준 윗마을 아저씨와 아주머니도 뒤늦게 허겁지겁 달려왔다. 그들은 건식을 붙잡고 왜 거짓말을 했냐고 캐물었다. 하지만 건식은 그저 우두커니 서 있을 뿐이었다. 경찰과 마을 사람들은 건식의 가족이 산짐승에게 공격을 받았거나 절벽에서 떨어졌을 거라고 유추했다. 그 두 가지가 함께 일어났을 수도 있다고 얘기했지만 건식은 이해할 수 없었다. 그

날, 뽕잎 자루가 있던 곳엔 분명히 가족들이 없었다. 절벽 아래엔 지게와 망가진 리어카밖에 없었다. 그렇다면 골짜기의 더 깊은 곳에 있는 다른 절벽에서? 아니, 아니야! 가족들은 뽕을 따러가서 잠시 낮잠을 자다 누에로 변한 것일 뿐이다. 건식은 마을 사람들을 데리고 잠실로 가서 누에로 변한 가족들을 보여주고 싶었지만 할 수 있는 것은 아무것도 없었다. 한순간에 상갓집으로 변한 집 풍경을 그저 바라봐야만 했다. 눈물만 줄줄 흘리며…… 마치 아주 길고 끔찍한 악몽 속에 갇힌 것만 같았다.

26

옛날 옛날에 산골마을에서 누에를 대량으로 키우던 집이 있었어. 그 집 양반은 벼슬을 하다가 유배 온 건데 나중에 유배가 풀리자 서울로 돌아가지 않고 가족들이 모두 그곳으로 내려와 정착을 한 모양이야. 그 집 양반은 집안을 다시 일으키려면 누에 치는 게 가장 빠른 길이라고 판단한 거야. 옛날엔 누에가 고치를 만들면 파는 게 아니라 그 고치로 집에서 실을 잣고 천까지 짰어. 그러니 고치를 파는 것보다 더 많은 돈을 벌 수 있었던 거야.

엄마, 우리 집이랑 비슷한 처지네요.

하식이가 누에들에게 뽕잎을 뿌려주며 말했다. 이제 누에들은 썰지 않은 뽕잎을 먹을 만큼 많이 자라 있었다. 하식이의 말을 들은 예식이가 발끈해서 쏘아붙였다.

넌 말을 그렇게밖에 못하니!

……엄마, 미안해요.

괜찮아. 그건 엄마가 잘못한 거야.

엄마, 그럼 그 양반도 누에 때문에 유배를 갔어요?

그건 잘 몰라. 하여튼 그 양반과 아내는 누에 치는 일에 누구보다 열심히 매달렸어. 하인들이 있었지만 누에가 뽕을 왕성하게 먹을 때면 품을 사면서까지 열성을 보였지. 얼마나 많이 누에를 쳤냐면 집 안의 방이란 방은 모조리 잠실로 사용했어. 양반집이라 방이 꽤 많았을 텐데 말이야. 사람이 자는 방에 누에가 있으니 당연히 잠잘 곳이 없었지. 그럼 어디서 잤을까?

우리처럼 정지에다 멍석 깔아놓고 잤어요?

아냐. 그들은 양반이라고 했잖아. 하식아, 옛날에 양반은 먹을 게 없어 곧 굶어죽게 돼도 체통을 지키느라 골몰했어. 이 양반은 고을 아전의 방을 빌려 아내와 아들 내외가 생활하게 하고 자기는 경치 좋은 곳에 방 한 칸짜리 정자를 짓고 혼자 살았어. 집에도 잘 가지 않고. 그러니까 이 양반은 그래도 양반이라고 직접 뽕을 따거나 그런 일은 전혀 하지 않았지. 대신 정자에 앉아 글을 읽으며 가끔 이래라 저래라 지시만 하고 일은 여자들과 하인들이 한 거야.

나는 어른이 되면 절대 안 그럴게요.

그걸 어떻게 믿어. 어른이 돼봐야 알지.

누나, 내가 약속 안 지키는 거 봤어?

엄마는 하식이 약속 믿는다. 자, 이 방은 뽕을 다 줬으니 윗방으로 가자. 건식이는 정지 가서 뽕 한 자루 가져오고. 대화가 그치자 방안엔 누에들이 일제히 뽕잎을 갉아먹는 소리로 가득했다.

아버지는 뭐하고 있더냐?

정지에서 낫이란 낫은 다 갈고 계세요.

배고프다 안 그러디? 그래, 다행이다. 자, 그럼 하던 얘길 마저 해줄게. 하여튼 그 양반은 유배를 가긴 갔지만 재산이 꽤 있었나봐. 남녀 노비가 백 명이 훨씬 넘었는데 남자들은 주로 뽕잎을 따러 다니고 여자들은 집에서 누에 돌보는 일을 했어.

와, 노비가 백 명이 넘어요? 엄마, 그럼 노비들은 잠을 어디서 잤어요?

노비들도 자기 집이 따로 있어서 낮에는 주인집에 가서 일을 하고 밤에는 가족들이 있는 집으로 돌아가는 생활을 했어. 하여튼 그 양반은 워낙 많은 누에를 쳤던지라 사내종들은 매일 같이 말을 끌고 이 골짜기 저 골짜기 찾아가 뽕을 따는 게 일이었지. 심지어는 비가 퍼부을 때도. 그런데도 뽕이 모자를 때는 남의 집 뽕을 돈 주고 사는 경우도 있었지. 그러니까 이 양반은 거의 누에 공장을 운영한 거야. 아니, 아니다. 고치에서 실을 뽑고 천까지 짰으니 지금으로 말하면 방직공장을 운영한 거야. 벼슬길이 끊기고 새로운 일을 모색하던 중이었는데 대량으로 누에를 치고 비단을 짜면 엄청난 돈을 벌 수 있다는 걸 일찌감치 눈치 챈 거지. 거기에다가 그 양반은 고치에서 실을 뽑는 기계와 천을 짜는 기계까지 사용할 정도였지. 또 그 양반의 아내는 고치에서 더 좋은 명주실을 뽑으려고 솜씨가 뛰어난 기술자까지 초빙해 배울 정도였어. 비단도 좋은 비단이 있고 품질이 떨어지는 비단이 있었거든. 같은 비단이라 해도 품질 여부에 따라 값이 천차만별이거든.

그럼 그 양반은 엄청 부자가 됐겠네요?

벼슬할 때보다 더 부자가 됐지. 근데 이 양반도 결국 돈만 밝히는 장사꾼을 벗어나지 못했어. 비단을 이용해 떳떳하지 못한 방법으로 돈을 벌어들였거든. 이 양반이 살던 시대에는 백성들이 비단을 세금으로 냈는데 이 양반은 쌓아놓은 비단이 많으니까 대신 내주는 일을 시작한 거야. 그리고 나중에 그 값을 백성들에게 농작물로 받으면서 많은 돈을 챙긴 거지. 그러니 마을 사람들의 원성이 자자했지. 그 마을 사람들뿐만 아니라 인근 지역까지 이 양반과 거래한 이들이 엄청나게 많았어. 거의 독점으로 그 일을 할 수 있었던 건 이 양반이 많은 비단을 가지고 있기도 했지만 전직 벼슬아치다 보니까 그 지역 관청과 밀접한 관계를 맺고 있었기 때문이야. 좋게 보면 세금제도가 그러니 서로 맞아떨어진 거고 나쁘게 보면 관청의 힘을 등에 업고 엄청 많은 돈을 번 거지. 그러니 어쩔 수 없이 이 양반과 거래를 한 많은 사람들은 등골이 휠 수밖에 없었어. 그 사실을 눈치 챈 가족들도 부끄러워했고 이 양반도 찜찜해 했지만 그 일을 멈추진 않았단다.

나쁜 양반이야!

가난한 백성들이 일 년 동안 힘들게 농사지은 걸 빼앗아가다니…….

하식이와 예식이가 엄마의 얘기에 논평을 했다. 뽕잎을 주던 건식도 거들었다.

나쁜 양반이지만 나라에서 세금제도를 잘못 만든 것도 문제가 있어.

자, 누에들 밥 다 줬으니 이젠 우리가 밥 먹으러 가자.

남포등이 밝혀주는 정지에서 다섯 식구는 명석 위에 놓인 둥근 밥상 앞에 둘러앉았다. 하식이와 예식이의 군침 삼키는 소리가 들릴 정도로 오랜만에 특별한 반찬이 밥상 위에 올라온 저녁이었다. 낮에 고무구박을 머리에 인 생선장수가 집에 찾아온 모양이었다. 엄마는 소금에 절인 고등어를 네 토막 낸 뒤 화로에 담아놓은 숯불에 재를 살짝 덮고 싸리나무 가지를 올려놓고 구웠다. 정지에 고등어 굽는 냄새가 봄날 목련처럼 피어올랐다. 고등어에서 우러나온 기름이 숯불로 떨어질 때마다 치직거리며 재를 뚫고 자그마한 불꽃도 피어올랐다. 노릇노릇하게 구워지는 고등어 냄새에 마당가에 묶어놓은 삽사리도 코를 벌름거리더니 정지를 향해 컹컹 짖었다. 바다와 멀리 떨어진 산골에 자리한 건식의 집에서 고등어는 한 달에 두어 번 먹으면 많이 먹는 반찬이었다. 그렇게 구워진 고등어가 마침내 밥상 위에 올라왔으니 동생들의 군침 삼키는 소리가 요란하지 않을 수 없었다. 하식이는 젓가락을 손에 잡은 채 아버지의 젓가락이 먼저 고등어에 다가가기를 기다리고 기다렸다. 마치 출발선에 엎드린 100미터 육상선수처럼 비장한 표정이었다. 특별한 반찬은 언제나 아버지가 먼저 한 점 먹어야 먹을 수 있기 때문이었다.

이윽고 아버지가 고등어를 젓가락으로 한 점 집자 하식이의 젓가락은 하늘에 떠 있던 매가 일직선으로 내려와 닭을 채어가듯 고등어를 향해 내리꽂혔다. 저녁밥상 위로 달그락, 쩝쩝, 후룩…… 소리들이 참새들이 재잘거리듯 피어났다. 남포등은 다섯 식구가 옹기종기 둘러앉은 밥상 주변을 따스한 옛날이야기처럼 밝혀주고.

엄마는 왜 고등어 머리만 먹어요?

밥을 다 먹은 뒤 불룩 튀어나온 배를 두드리며 하식이가 물었다.

어두일미라고, 생선은 머리가 제일 맛있다.

머리에는 살점이 하나도 없잖아요.

살점은 얼마 없어도 고등어 눈깔이 얼마나 고소한데.

고등어 눈깔을 먹어요?

그럼! 그걸 먹으면 눈이 밝아져.

진짜?

바보야, 엄마가 너 많이 먹으라고 일부러 그러는 거야.

보다 못한 예식이가 동생에게 꿀밤을 먹였다. 하식이는 누나를 째려보다가 어떤 생각이 들었는지 이내 울상을 지었다. 하식이는 엄마에게 다가가 손을 잡고 말했다.

미안해요, 엄마. 내가 나중에 돈 벌어서 맛있는 고등어 많이 사드릴게요.

그래, 그래!

27

집 안엔 침묵만 가득했다.

사나흘 동안 폭풍 같은 일들이 휩쓸고 지나간 뒤 찾아온 침묵이었다. 건식은 북적거리던 사람들이 모두 떠나가자 누에들이 고치를 거의 다 지은 잠실로 잠자리를 옮겼다. 이젠 뽕을 따러 산으로 갈 일도 없었다. 소여물을 끓이지 않아도 되었다. 밭에 심어놓은 농작물 때문에 걱정할 필요도 없었다. 윗마을 아저씨는 모두가 모여 있는 자리에서 엄마가 선 보증에 대한 문서를 꺼내 보여주며 친척들과 마을 사람들의 동의를 구했다. 그리고 외양간의 소를 자기 집으로 끌고 갔다. 게다가 아버지와 엄마가 밭에 심은 농작물을 수확할 때까지 대신 관리하고 그 수

확물을 가져가기로 했다. 잠실에서 고치를 짓고 있는 누에들도 마찬가지였다. 그게 아직 중학생인 건식을 위해서도 바람직한 일이 아니겠냐고 말을 덧붙였다. 사람들은 천천히 고개를 끄덕였고 건식은 아무런 말도 하지 않았다. 닭들과 삽사리는 가져가지 않았다. 닭이야 그렇다 치더라도 삽사리마저 가져가겠다고 했다면 아마 건식이 입을 열었을지도 몰랐다. 건식은 잠실에 누워 한동안 넋을 놓고 있다가 누에로 변한 가족들이 지은 고치들을 바라보았다. 엄마와 아버지, 예식이와 하식이는 더 이상 말하지 않았다. 잠박에 있던 누에들이 모두 섶으로 올라갔기에 건식이 바라보고 있는 고치들이 가족들이 지은 고치라고 단정할 수조차 없었다. 고치를 지은 위치로 어림잡을 수밖에 없었다. 한 가지에 두 개의 큰 고치와 쌍고치가 나란히 열려 있는 걸 건식은 줄곧 들여다보았다. 쌍고치 속에 들어간 게 동생들인 것 같았다. 하지만, 말하지 않으니, 말할 수 없으니…… 건식은 그동안 벌어진 일들에 대해 엄마와 아버지로부터 어떤 이야기도 들을 수 없었다.

"이제 어떻게 해야 돼요?"

"……."

"저는 이제 혼자가 된 거예요?"

누에의 난

솔잎 사이에 둥지를 튼 고치가 파르르 떨리는 것 같았다.

"이제부턴 저 혼자 살아야 되는 거예요?"

건식의 눈앞에 매달려 있는 세 개의 고치들이 다시 미세하게 떨었다. 말없이.

"……두렵고, 무서워요."

건식은 알고 있었다. 고치를 짓고 번데기로 변한 누에는 다시 잠든다는 것을. 그 잠에서 깨어나면 누에나방이 된다는 것을. 지금 고치 속의 누에번데기들은 마지막 잠을 자려 한다는 것을.

"그 안은 따스해요?"

고치들의 떨림이 잦아들고 있었다.

"엄마, 아버지? 저는…… 너무 추워요."

이불을 뒤집어쓴 건식은 덜덜 떨기 시작했다. 이까지 부딪쳐 가며.

"……저도 그 안에 들어가고 싶어요."

건식은 저녁도 먹지 않고 그대로 잠실에 쓰러져 잠들었다. 다행히도 꿈속은 춥지 않았다. 혼자도 아니었다. 가족들 모두가 마당에 펼쳐놓은 멍석에 앉아 환한 얼굴로 고치를 따고 있었다. 아버지가 잠실에 들어가 고치가 주렁주렁 열린 섶을 가지고 멍석 위에 올려놓으면 건식과 예식이, 하식이는 고치를 땄고 엄마는 그 옆에서 견면채취기를 돌렸다. 예식이와 하식이는 번 갈아가며 노래를 불렀다. 예식이는 엄마의 허락을 얻은 뒤에야 '고향초'를 애잔하게 불러 박수를 받았다. 정말이지 뽕을 따다가 서울에 취직이 되어 고향을 떠나가는 아가씨처럼 보였다. 누나는 나중에 가수가 돼라. 가수는 아무나 되니. 내가 볼 땐 누나가 이미자보다 훨씬 잘 불러. 이미자가 잘 부르지 어떻게 내가 더 잘 부르니. 하식이와 예식이의 대화를 들은 아버지가 한마디 거들었다. 여자가 가수 되면 팔자 사나워져. 그냥 좋은 남자 만나 시집이나 가. 그게 최고야. 그런 게 어디 있어요. 재주가 출중하면 그 재주 팔아먹고 살아야지. 예식아, 니 하고 싶은 거 하면서 살아. 엄마가 밀어줄 테니. 엄마, 나는? 하식이도. 아버지는 뭐라 한마디할 듯한 표정이더니 입을 닫고 잠실로 들어갔다. 엄마는 칼로 철사에 두툼하게 감긴 풀솜을 죽죽 잘라 벗겨냈다. 그것은 마치 갑옷 같았다. 햇살이 너무 환해서 눈물이 날 것만 같은 날이었다. 건식은 파란 하늘을 올려다보았다. 비행기가 만들어낸 가느다란 구름이 서쪽에서 동쪽으로 실처럼 이어져 있었다. 그 비행기를 바라보다가 건식은 잠에서 깨어났다. 주변을 둘러봤지만 아무도 없는 캄캄한 잠실 안이었다. 밑바닥까지 말라버린 것만 같았던 눈물이 주르륵 흘러내렸다. 건

누에의 난

식은 엉금엉금 기어 마당으로 통하는 문을 열었다. 마당엔 푸른 달빛만 서늘하게 내려앉아 있었다. 개집 안에 있던 삽사리가 건식의 기척을 눈치 채고 슬그머니 밖으로 나왔다. 건식은 젖은 눈으로 삽사리를 바라보다가 다시 잠자리로 돌아왔다. 이불 속으로 들어가 눈을 꼭 감았다. 초등학생 시절, 학교에서 돌아오는 길에 친구들과 뽕나무에 올라가 손가락과 입술, 혀가 시퍼렇게 물들 때까지 오디를 따먹고 빈 도시락 가득 오디를 따서 담았다. 그 오디에 뿌린 당원이 녹으면 동생들과 숟가락으로 퍼먹었는데 그 맛이 일품이었다. 간혹 벌레가 건드리고 간 오디를 먹으면 쓴맛이 어마어마했는데 뱉어내도 그 이상한 냄새는 쉽게 사라지지 않았지만 다시 달콤한 오디를 찾아 이 뽕나무 저 뽕나무를 오르락내리락하느라 바빴다. 산딸기가 다 익을 때까지 오디의 인기는 식지 않았다. 가끔 뽕나무에서 떨어져 팔뚝에서 피가 줄줄 흐르는 일이 벌어져도. 건식은 꿈을 기다리며 감은 눈을 뜨지 않았다. 문창호지를 통과한 달빛이 잠실을 은은하게 밝혀주는 밤이었다. 어느 날은 학교까지 누에가 따라온 적도 있었다. 입고 있던 옷에 붙어서 따라온 거였다. 그걸 발견한 옆자리의 여학생이 비명을 지르면 건식은 아무렇지 않게 누에를 떼서 창문 너머 목련 잎 위에 올려놓았다가 깜박 잊어버린 적도 있었다. 건식은 새록새록 떠오르는 기억들을 밀어버리고 꿈속으로 다시 들어가려고 애를 썼다. 가족들이 모여 있는 꿈속으로…… 다행히 꿈은 다시 이어졌다. 풀솜을 모두 제거한 고치들을 엄마와 아버지는 자루 속에 담았다. 한 자루, 두 자루, 세 자루…… 배가 불룩해진 자루들의 입구를 노끈으로 묶은 아버지는 리어카에 차곡차곡 실었다. 그 높이가 어른 키를 넘을 정도였다. 고치 자루가 떨어지지 않게 밧줄로 단단하게 묶자 마침내 떠날 시간이 되었다. 엄마, 아버지, 예식이, 하식이가 리어카 주변에 모였다. 건식도 당연히 따라갈 생각에 정지에 들어가 풀솜이 묻은 손을 씻고 나왔는데 아버지가 제동을 걸었다. 소가 새끼 낳을 때가 되었어. 혹시 모르니 넌 집에 남아서 외양간 소를 돌봐라. 그렇다면 아버지가 남고 내가 리어카를 끌고 가는 게 더 낫지 않나? 나는 소가 새끼 낳은 거 몇 번 보기는 했지만 직접 받아본 적은 없는데…… 건식의 걱정을 읽기라도 한 듯 아버지가 입을 열었다. 걱정 마. 소는 지가 다 알아서 새끼 낳아. 넌 옆에서 지켜보기만 하면 돼. 내 생각엔 한 이틀 남았는데 혹시 모르니까 집에 있으라는 거야. 자, 출발! 아버지가 리어카를 끌고 엄마와 동생들이 뒤에서 고치 자루를 잡은 채 따라가는, 마치 소풍 가는 듯한 모습을 건식은 섭섭한 마음으로 바라보았다. 그 모습이 시야에서 사라질 때까지 지켜보다가 외양간으로 갔다. 암소의 젖은 탱탱하게 불어 있었다. 금방이라도 송아지가 나올 것만 같아 건식은 후다닥 정지로 뛰어가 가방에서 국어책을 챙겨와 외양간 앞에 앉았다. 소는 연신 되새김질을 하며 건식을 바라보았고 건식은 담벼락에 기대 책을 보다 소를 보다가를 반복하다가 까무룩 잠이 들었다. 고치를 팔러 간 가족들이 돌아오기를 기다리며.

"오빠?"

"형?"

건식은 눈을 떴다. 눈을 비볐다. 예식이와 하식이, 그리고 엄마 아버지가 보였다.

"예쁘지?"

"형, 내 옷은 어때?"

"……예쁘다. 하식이는 멋있고."

"오빠 옷도 사왔어. 내가 골랐어."

예식이와 하식이는 비단옷을 입은 채 웃고 있었다. 그 뒤에는 갓 태어난 송아지 한 마리가 호기심 가득한 눈으로 외양간 바깥을 기웃거렸다. 아버지는 암소의 등을 긁어주었고 엄마는 여물을 가져와 구유에 부어주었다. 눈부시게 환한 봄날이었다.

28

건식은 고속도로로 들어서지 않고 치악산 구룡사로 가는 국도로 차를 몰았다. 옆에는 아내가 타고 아들은 뒷자리에 앉았다. 주말이라 국도에도 나들이 차량이 많았지만 고속도로보다는 덜했다. 사실 구불구불한 국도를 택한 것은 밀리는 차량 때문만은 아니었다. 오래전 그 길을 따라 되돌아가보고 싶다는 생각이 비로소 들었기 때문이었다. 뒷자리의 아들 옆에는 눈부신 누에고치들이 뽕잎을 깐 바구니에 담겨 있었다.

"대체 어딜 가는 거야?"

"비밀."

"아빠, 바다 보러 가는 거지?"

"그래 거기 갔다가 바다도 가자."

"거기가 어딘데요?"

"비밀."

강원도의 깊은 곳으로 들어가는 일차선 옛길은 구불구불할 뿐더러 올라가고 내려가는 고갯길의 연속이었다. 건식은 새말에서 치악산의 동북쪽 자락을 넘어가는 고갯길로 접어들었다. 문재라고 불리는 길이었다. 예전에는 터널조차 없었다. 산자락을 따라 돌아가는 길을 돌고 또 돌아야만 넘을 수가 있었다. 속이 울렁거려 멀미를 몇 번이나 하면서. 건식은 문재를 올라가면서 심호흡을 했다. 버스를 타고 멀미하며 마지막으로 이 고갯길을 내려왔던 게 마치 며칠 전인 것만 같았다. 원주, 새말, 문재, 안흥, 전재, 계촌, 여우고개, 방림, 대화, 모릿재, 진부, 월정거리, 대관령…… 어제 휴대폰의 지도로 길을 찾아보니 옛날의 그 길과 고개, 마을의 이름들이 줄줄이 달려 나왔다. 다시 떠올리기조차 싫었던, 아니 떠올리지 않으려 무던히 애를 썼던 바로 그 길이었다. 이 길은 혼자가 된 건식이 고향집을 떠나 친척의 손에 이끌려 훌쩍거리면서, 멀미를 하면서 원주로 왔던 바로 그 길이었다.

"당신, 고향에 가려는 거지?"

"고치의 명주실을 풀면서 가는 거야. 끝이 어딘지는 가봐야 알아."

"비단길이네!"

"……맞네. 비단길!"

고갯마루에서 내려다본 길은 높고 얕은 산과 마을, 논과 밭, 언덕을 올라가고 내려가는 한 오라기 명주실처럼 보였다. 길고 긴 이야기를 닮은 길. 원주에 온 뒤로 건식은 단 한 번도 고향에 가지 않았다. 당연히 아내와 아들 역시 건식의 고향에 갈 수 없었다. 고향집이 아직 그대로 있는지조차 알 수 없었다. 친척 어른은 집과 밭을 엄마가 보증 섰던 윗마을 아저씨에게 팔았다. 그 돈으로 빚을 모두 갚고 남은 돈은 건식의 통장에 넣어주었다. 그 돈으로 건식은 원주의 친척집에서 더부살이를 하며 중고등학교, 대학을 다닐 수 있었고 취직한 뒤엔 독립했다. 그런데…… 나는 왜 그동안 한 번도 고향에 가지 않았던 걸까. 건식은 안흥에서 구입한, 한껏 부풀어오른 고치 같은 안흥찐빵을 우물우물 씹어 먹으며 저속으로 여우고개를 내려갔다. 고치의 명주실을 풀고 또 풀면서.

"아빠, 가도 가도 산이야!"

"아주 옛날에는 이런 고갯길을 사람들이 걸어서 다녔어."

"산적들도 있었겠네요?"

"그럼. 그래서 혼자 고갯길을 넘지 않고 여러 사람이 같이 넘곤 했어."

"귀신들은 없었어요?"

"있었지. 꼬리가 아홉 개나 달린 구미호, 도깨비, 그리고 처녀 귀신들이 밤중에 혼자 고갯길 넘는 사람들을 노렸어."

"왜 밤에 넘어요? 낮에 넘지."

"먼 길을 가다 보면 캄캄한 밤중에 혼자 고갯길을 넘을 때도 생겨. 그게 인생이야. 그때 누가 옆에 있으면 한없이 기쁘겠지……."

"우리 세 식구처럼!"

건식은 고개를 끄덕였다. 대화와 진부를 가르는 모릿재를 넘고 오대천 옆 절벽 위에 지어진 정자인 청심대를 통과하면서부터 건식의 마음은 조금씩 요동치기 시작했다. 이십여 리만 가면 고향집이었다. 결코 다시 찾아오지 않으리라 다짐했던 곳을 아내와 아들과 함께 찾아가고 있는 길이었다. 진부 시내로 접어들자 건식은 마트 앞에 차를 세우고 소주와 마른 오징어를 샀다. 이제 십여 분만 더 가면 고향집이었다.

"아빠, 여기가 어디에요?"

"……아빠가 어렸을 때 살던 곳이야."

"여기에 집이 있었다고?"

건식은 감자 밭으로 변해버린 집터를 바라보았다. 집이 그대로 남아 있을 거란 생각은 하지 않았지만 그래도 왠지 허전했다. 그곳이 그나마 집터였다는 사실을 알려주는 건 개울 옆의 오래된 돌배나무가 전부였다. 건식은 돌배나무 아래에 차를 주차했다. 자그마했던 돌배나무가 그동안 이렇게 커졌다니…….

"자, 이제 산소에 가자."

"산소가 있었어? 화장했다고 했잖아."

"……있어."

"세상에!"

"……찾아올 수가 없었어."

건식은 골짜기로 차를 몰았다. 좁은 길이었지만 시멘트포장이 되어 있어 산소 근처까진 차로 갈 수 있을 것 같았다. 집도 사라졌는데 산소도 사라진 게 아닐까. 그 세월 동안 벌초 한 번 하지 않았으니 산소의 모습을 유지하고 있을 리도 만무했다. 산소는 비탈밭 옆 산자락 아래에 있었다. 운전대를 잡은 건식의 마음이 다시 콩닥거렸다.

"아빠, 나방이 고치를 뚫고 나와요!"

뒷자리의 아들이 소리쳤다. 건식은 급히 차를 멈췄다. 아내가
건식보다 먼저 고개를 돌렸다.

"그렇구나!"

"한 마리, 두 마리, 세 마리, 네 마리⋯⋯."

그 옛날의 까까머리 중학생으로 되돌아간 건식은 누에고치를
뚫고 나오는 나방들을 가만히 들여다보았다. 미소를 지은 채.